INGEBORG BACHMANN
所有的桥都孤独
Sämtliche Gedichte

〔奥〕英格博格·巴赫曼　　　　　著
李双志　　　　　　　　　　　　　译

人民文学出版社
PEOPLE'S LITERATURE PUBLISHING HOUSE

著作权合同登记号　图字 01-2021-1829

Ingeborg Bachmann
Sämtliche Gedichte
© Piper Verlag GmbH，München/Berlin 1978，1983.
Chinese language edition arranged through HERCULES Business &. Culture GmbH，Germany
All rights reserved.

图书在版编目(CIP)数据

所有的桥都孤独/(奥)英格博格·巴赫曼著；李双志译.
—北京：人民文学出版社，2022(2023.3 重印)
(巴别塔诗典)
ISBN 978-7-02-017422-5

Ⅰ.①所… Ⅱ.①英… ②李… Ⅲ.①诗集-奥地利-现代 Ⅳ.①I521.25

中国版本图书馆 CIP 数据核字(2022)第 153384 号

责任编辑	朱卫净　何炜宏　邰莉莉
装帧设计	李苗苗
出版发行	人民文学出版社
社　　址	北京市朝内大街 166 号
邮　　编	100705
印　　刷	凸版艺彩(东莞)印刷有限公司
经　　销	全国新华书店等
字　　数	130 千字
开　　本	889 毫米×1194 毫米　1/32
印　　张	8.25
插　　页	5
版　　次	2022 年 10 月北京第 1 版
印　　次	2023 年 3 月第 2 次印刷
书　　号	978-7-02-017422-5
定　　价	79.00 元

如有印装质量问题，请与本社图书销售中心调换。电话：010-65233595

目录

青春年代的诗

"我"　_3

选自《心之动》

在灰色的时日之后　_4

仰望之际　_6

我问　_8

在夏季　_10

局限　_12

向一个冬季逆行……　_13

1948 年至 1953 年间的诗

［傍晚时分我问我母亲］　_17

［我们前行，心在尘埃里］　_18

［这其中也许有深意］　_19

疏离　_20

醉了的黄昏　_21

在墙背后　_23

［在深夜的马蹄声里］　_25

对黄昏说 _27

幻景 _28

无人之境 _30

我该如何称呼我？ _32

［众港口打开了］ _34

［世界广大］ _35

［我还在担忧］ _37

无所证明的证据 _38

延宕的时光

一

出行 _43

告别英格兰 _46

落下吧，心 _48

诉说黑暗之语 _50

巴黎 _52

大货车 _54

轮舞 _55

秋日演习 _56

延宕的时光 _58

二

三月里的星 _63

在晨光里 _64

木与木屑 _66

主题与变调 _68

初到中午 _71

所有的日子 _74

致一位统帅 _76

讯息 _79

三

那些桥 _83

夜航 _85

诗篇 _88

在玫瑰的风暴里 _91

盐与面包 _92

维也纳郊外的巨大风景 _94

大熊座的呼唤

一

游戏结束 _103

关于一片土地、一条河和那些湖 _106

大熊座的呼唤 _125

我的鸟儿 _127

二

土地征收 _133

生平经历 _135

归途 _141

雾之国 _144

蓝色时辰 _147

解释给我听，爱情 _149

碎片山丘 _152

浸入白色的日子 _154

哈勒姆 _156

广告牌 _157

死港 _159

言谈与言诽 _161

那为真的 _164

三

最先出生的国度 _169

关于一座岛的歌 _171

北方与南方 _177

两个版本的信 _178

罗马夜景 _181

在葡萄藤下 _182

在阿普利亚 _183

黑色华尔兹 _185

许多年以后 _187

影子玫瑰影子 _188

且留下 _189

在阿克拉加斯 _190

致太阳 _192

四

逃亡途中的歌 _197

1957年至1961年间的诗

兄弟情谊 _215

[必给这支族裔规定信仰] _216

和平旅馆 _217

流亡 _218

在这场大洪水之后 _220

米利暗 _221

河流 _223

去吧，思想 _224

爱情：黑暗的大洲 _225

你们这些词 _228

1964 年至 1967 年间的诗

真切 _233

波希米亚坐落于海边 _234

布拉格 1964 年 _237

一种失去 _239

谜 _241

并非美食 _243

诗人生平 _247

青春年代的诗

"我"

我无法忍受奴役
我始终是我
若有什么要将我折弯
我情愿裂断。

若有命运的艰苦
或是人类的强力来临,
来吧,我存在于此,我坚守于此
我坚守至最后的力气枯竭。

因而我始终只是此一种
我始终是我
我若上升,便向高处升
我若坠落,便彻底坠落。

选自《心之动》

在灰色的时日之后

仅仅一个小时拥有自由！
自由，远游！
如已入穹宇的夜歌。
要高高飞起，凌越这些时日
是我之所愿
还要去寻找遗忘——
行于幽暗的水之上
去取白玫瑰，
为我的灵魂配上翅膀，
还要，上帝哦，断忘尽净
长夜复长夜的苦涩，
在那夜里双眼大睁
直视无名的苦难。
我的脸颊上横陈泪水
出自迷思之夜，

美丽希望的妄想之夜,
出自那心愿,要砸破锁链
要畅饮光——
仅仅一个小时看着光!
仅仅一个小时拥有自由!

仰望之际

我在寡淡的享乐之后，
感受屈卑、苦涩与黯淡
却还镇定并深入体察自己，
这让我还有价值。
我是一条河
我的波涛在寻找河岸，
找沙中投下阴翳的树丛，
找太阳发出的暖人的光，
哪怕仅只一次。

可我的路毫无怜悯。
它下降，压我到海边。
阔大、壮丽的海！
我再没有其他心愿，
唯愿滚涌着将自己倾倒进
这最无穷的海里。

迎向更甜蜜河岸的
那一份渴望还怎么能
将我抓住不放，
如果我依然还知晓
最后的意义！

我 问

我时时刻刻问自己,问了千百回,
我从哪里得来这负疚的意念,
这越来越深的沉闷苦痛。
我早已失却了那一切
疲乏时感受自我的乐趣,
我在继续前行之际遭受折磨
品尝苦涩,为着我无从抵抗。

我俯视天空而摇撼自己,
试着纵身于享乐与暴怒。
我与上帝和他的世界四分五裂
我自己从来没有在膝盖处感到
有谦卑恭顺可换得的和平,
其他所有人却以臣服轻易获取。

可我必须归于上帝,带着这种种矛盾。

信仰他，如我必须信仰那般，
如他必定要从他的光中造出我。
你是多么疲惫啊，世界，你诞生出我，
仅仅是为了给我强加锁链
并且在我能燃烧，能取悦自我之时，
在我体内更坚实地埋入你的阴影。

在夏季

在睡与梦之间
在丰茂的草地中
我的目光巡游
朝向无限的高处。
是怎样一种泡沫纷飞的生活!
浮云消融于浮云
如这灼热的时辰,
它们将沉落
落入长满青苔的水池
幽暗的痛之中。
我心中毫无起伏,
这灼人的炎热
将我投入宁静。
日复一日。
我的双眼总看得见她,
金色的太阳。

她将会停留于
一片影子蔚然升腾处。
苦涩的是错过。

局　限

你点亮多盏灯
和大火
放出广阔的光
无边无际。

你往影影绰绰的烟里
扔进闪烁的火炬，
你从眼里，从心里散发
你所拥有的。

可这永远只是尝试
是摸索的路，
永远只是你的图像
由你从光中扛出。

向一个冬季逆行……

1

我从未想要如此下沉
而且我不愿相信,
那些神圣的时刻,
我发现它们自己陷入混乱,
如性情乖戾的风远离了我。

我将要漫游和寻觅。
当我寻获了它们,
我将永不再放手,
让那些受苦的日子
如丝巾缀接于我。

我曾拥有孤独,如今却哭泣,
只为我如此轻易放走了它,

它来,本是要向我赠予。
它来,肯定是有所赠予,
在睡眠将我席卷之际!

2

每一夜都让人痛苦,
若你将垂死的白天
捆绑,将它整个填满,
静静将它怀想。

一个深渊正裂开
在所希冀的存在与
这存在聊以满足的
窄小的圆之间。

如果你在梦里也
常常拥抱过
天空和壮丽的高峰,
这些将留在梦那里。

1948年至1953年间的诗

[傍晚时分我问我母亲]

傍晚时分我问我母亲
悄悄地问,待那钟声已消停,
我该如何为自己解释这白天
该如何准备这深夜。

在心底深处我总要求
毫无遗漏地讲述一切,
在和弦中挑选,
何种乐音围绕我奏响。

我们一起轻轻倾听:
我母亲又梦见了我,
她找准了我本质的
大调与小调,如古老的歌吟。

[我们前行,心在尘埃里]

我们前行,心在尘埃里,
而且早已变硬于挫败。
人们听不到我们,他们太聋,
无法为尘埃中的呻吟而悲哀。

我们歌唱,歌声在胸腔里。
它还不曾从那儿逃脱出离。
只是有的时候会有人明白:
我们不是被迫停留。

我们停顿。终止了漫步。
不然结局也会被败坏。
眼睛望向上帝:
我们赢取了告别!

[这其中也许有深意]

这其中也许有深意:我们总会消逝,
我们不经过问便来,必定又会退去。
我们谈话而听不懂彼此
对方的手一刻都不曾触及,

这砸碎了许多:我们不会存留。
刚要尝试,已受陌生的符号逼压,
要深入对望彼此,这一欲求
被一个十字架阻断,我们被单独抹除。

疏 离

在树中我没法再看到树。
枝上没有叶,枝举叶在风中。
果实甜,却无爱。
无法饱腹。
还将有什么呢?
我的眼前森林在逃,
我的耳前鸟闭上嘴,
没有草地做我的床。
我餍足于时间
我饥渴着时间。
还将有什么呢?

深夜里山上燃起了火。
我应该敞开自己,让我再接近万物吗?

我没法再在路上看到路。

醉了的黄昏

醉了的黄昏,盛满蓝色的光,
摇摇晃晃走到窗边,渴望歌唱。
窗玻璃胆战心惊彼此靠紧,
玻璃里陷入了它的影。

它越来越暗,绕着屋宅之海晃,
撞到一个孩子,叫喊着将他驱赶,
在一切背后气喘吁吁,
悄声说出可怕的话语。

在黑暗墙沿的湿漉庭院里
它和老鼠在角落里跑闹嬉戏。
一个灰衣紧闭的妇人,
躲开它,将自己藏得更深。

在泉边还有一线细流,

一颗水滴在跑,要追上其他水滴;
它在那里从铁锈堵住的洞猛吸
帮着洗净黑色的水沟。

醉了的黄昏,盛满蓝色的光,
摇摇晃晃走进了窗,开始歌唱。
窗玻璃破碎。脸上有血在流
它闯了进来,与我的恐惧搏斗。

在墙背后

我是雪,从树枝

悬挂进山谷的春天,

我是冷泉,在风中游荡,

我湿漉漉落进鲜花里

是一滴水

她们在我周围腐烂

如在沼泽地周围。

我是时时刻刻对死亡的想念。

我飞,因为我无法静静地走,

飞过所有天空的安全楼宇

推翻支柱和高墙。

我警告,因为我在夜里无法入睡,

用遥远海潮的簌簌之声警告他人。

我登入瀑布的嘴中,

我从山上释放出吵嚷的碎石。

我是那巨大的惧世之心的孩子
恐惧垂入和平与欢乐里
如钟声落入白日的步伐
如镰刀落入成熟的田地。

我是时时刻刻对死亡的想念。

[在深夜的马蹄声里]

在深夜的马蹄声里,大门前那匹黑色牡马的马蹄声里,

我的心还像从前那样颤抖,飞速递给我马鞍,
红如狄俄墨德斯① 赠予我的辔头。
风劲猛,在黑暗的街道上跳跃到我前方
分开沉睡着的树木的黑色鬈发,
被月光打湿的果实由此受到惊吓
跳到了肩与剑上,
而我猛地用力
把马鞭抛向一颗已经熄灭的恒星。
只有一次我放慢了脚步,为了将
你不忠的嘴唇
亲吻,你的头发已经卷入缰绳,

---

① 狄俄墨德斯,希腊神话中的英雄,阿尔戈斯之王,参与了特洛伊战争。

而你的鞋在尘埃里拖曳。

而我还听到你的呼吸
和你用以打击我的那个词。

对黄昏说

我的怀疑,苦涩而不平静,
渗入黄昏深处。
疲倦在我耳边唱。
我倾听……
昨天它便已在!
如今却又来而复去!

我熟知睡眠之路直至最甜的原野。
我绝不愿在那里走。
我还不知道,黑暗的湖会在哪里
让我的痛苦圆满。
那里会有一面镜子,
清澈而紧致,
它要让我们
于痛苦的闪光中
看到缘由。

幻　景

现在已经是第三次雷击！
海里缓缓浮出船一艘接一艘。
是沉船带着炭化的桅杆，
是沉船带着射穿的胸膛，
带着破碎过半的躯体。

而默默无语游弋
穿过深夜，无从听见。
而没有波浪在它们身后闭合。

它们没有路，它们不会找到路，
没有风敢吹来，牢牢抓入它们之中，
没有港口会敞开。
那灯塔能装睡！

当这些船靠了岸……

不,不要靠岸!
我们将像广阔的波涛之上
围绕它们起伏的鱼群一样死去
化成千千万万的尸体!

无人之境

中了魔的云之宫殿,我们在其中忙碌……
谁知道,我们是否已经如此眼神呆滞
飘浮过多重的天空?
我们,被放逐进时间
被赶出了空间,
我们,穿过深夜与无底深渊的飞蝇。

谁知道,我们是否已经飞过了上帝,
以及,因为我们如箭般飞掠而没看见他
并继续抛洒我们的种子①,
为了在更加黑暗之中延续生命,
我们现在便于罪孽中浮沉?

谁知道,我们是否很久很久以来便在赴死?

---

① 该词 Samen 在德语中也有精液、精子的意思,此处可作双关语理解。

云团带着我们越升越高。
稀薄的空气今天已经麻木了双手,
而当嗓音破掉,我们的呼吸也停下的时候……?
这中魔之态会持续到最后一刻吗?

我该如何称呼我?

我曾是一棵树而被束缚,
然后我成了鸟,溜走了,自由了,
却被绑在了一座坟墓里,
自身爆裂而遗留一枚肮脏的蛋。

我如何留住我?我已经忘了,
我从哪里来又要向哪里去,
我被许多身体所占有,
是一根坚硬的刺和一只逃跑的鹿。

我今天是枫树枝的朋友,
明天我对树干犯下罪行……
罪是什么时候开始跳起轮舞,
让我从种子游向种子?

但是在我内心还有个开端在歌唱

——或者是个结束——阻止我逃走,
我想要挣脱这罪的箭,
它在沙粒和野鸭中寻我。

也许我有朝一日能认出我自己,
一只鸽子一块滚石……
只差了一个词!我该如何称呼我,
而不会用上另一种语言。

[众港口打开了]

众港口打开了。我们驾船而入,
船帆在最前,梦被扔下甲板,
钢具靠着膝盖而欢笑围绕我们的头发,
因为我们的舵击入海中,比上帝更快。

我们的舵击打上帝的桨叶,分开了洪流;
往前便是白日,身后留有深夜,
头顶是我们的星,脚下坠落其他的星,
外面风暴归于沉寂,里面我们的拳在生长。

直到一场雨爆发出来,我们才又倾听;
矛纷纷飞降而下,天使走到面前,
往我们的黑眼睛里钉入了更黑的眼睛。
遭毁灭的我们站立于此。我们的徽章飞了起来:

一个血染的十字架和一艘悬于心上的更大的船。

[世界广大]

世界广大并且从一国到另一国的路
与地点繁多,我已认识了它们所有,
我从所有的高塔上看过城市,
看过人,将要来的和已经去了的人。
田野广大,受过阳光和雪,
在铁轨与街道之间,在山与海之间。
而世界的嘴广大,满是声音,在我耳边响
还在深夜里就为多种多样的歌做出示范。
五杯的葡萄酒我一饮而尽,
我湿了的头发由四面风在它们变换的居所里吹干。

行程已到尽头,
可我没有和任何事物走到尽头,
每个地方都从我的爱中取走了一份,
每束光都烧掉了我的一只眼睛,
在每个阴影里我的衣裳都碎裂。

行程已到尽头。
我还被困锁在每一个远方,
可是没有鸟儿救我出边界,
没有水向入海口流,
载走我朝下俯视的脸,
载走我不愿流浪的睡眠……
我知道这世界靠近而静默。

在世界身后将有一棵树矗立
有云做成的叶子
和一顶蓝色的树冠。
在红色太阳丝带做成的树皮里
风刻下了我们的心
并用露水冷却它。

在世界身后将有一棵树矗立,
树梢中一枚果实,
有着黄金做成的一层皮。
让我们往那边看吧,
当它在时间的秋天里
滚入上帝的手中!

[我还在担忧]

我还在担忧,我的呼吸之网会缚住你,
梦的蓝色旗帜会穿到你身上,
在我幽暗宫殿的迷雾大门边
会燃烧火炬,好让你找到我……

我还在担忧,你会从微光闪烁的日子里脱离,
脱离出时光的太阳河那黄金的落瀑,
月亮的吓人面容之上
我的心化作银色泡沫。

抬高目光,别看我!
旗帜降下,火炬燃尽,
月亮描绘出它的轨道。
时间已到,你要来擒住我,神圣的癫狂!

无所证明的证据

你知道吗,母亲,当经纬度
定位不了地点,你的孩子
会从世界的黑暗角落向你挥手?
你站立不动,在道路交缠之处,
你的心对每一个他人都有所储存。
我们够不到长久,将事功扔到我们四周
往回眺望。可是灶上的烟
让我们看不到火。

问:没有火再来了吗?沿测绳往下,
而不是朝着天空的方向,我们让
那些事物得见天日,它们之中居住了毁灭和
分散我们心智的力量。这一切都是一个
无所证明的证据,不被任何人索求。你重新
燃起火,我们显现而面目难认,
以染黑的脸,与你白色的脸相对。
葡萄酒!但是别向我们挥手。

延宕的时光

—

出　行

大地升起了烟。
渔夫的小茅屋要一直放在眼中,
因为太阳会降落,
在你走完十里路之前。

幽暗的水,长了千只眼,
张开白浪的睫毛,
为了凝视你,宏壮而悠长,
足足三十天的时光。

即使这船狠命击水
迈出不稳当的一步,
也要静静留在甲板上。

他们现在在桌边
吃着熏鱼;

然后男人们会跪下

修补渔网,

不过入夜就会去睡

一个或两个小时,

而他们的手会变软,

不沾盐与油,

如他们撕开的

梦的面包一样软。

夜的第一波浪水击打海岸,

第二波已经抵达你。

但如果你仔细朝那边瞭望,

你还看得到那棵树,

顽强地举起手臂

——它一只手臂已经被风砍去

——而你想:还有多久,

还有多久

这弯折的木可以抵抗住风暴?

陆地已经一无可见。

你本该一只手抓入沙洲

或者一缕鬈发贴在悬崖上。

海中巨怪吹着贝壳，在
波浪的脊背上滑动，他们骑行并
用出鞘的亮剑击碎白日，一条红色痕迹
留在水中，睡眠在那里将你安放，
搁在你残留的时辰上，
你的五官感觉消失。

此时缆绳边有事要做，
人们呼喊你，你感到欣喜，
因为人们需要你。最好莫过
在持续前行的船上
有活儿可做，
结缆绳，汲水，
封实墙，看守货物。
最好莫过，一身疲惫而在傍晚
躺倒。最好莫过，在清晨，
伴着第一道光，变得明亮，
朝不可移动的天空站立，
不去管无可行走的水域
将船抬至波浪之上，
抬向那反复回归的太阳之岸。

告别英格兰

我几乎从未踏上你的土地,
惯于沉默的国度,几乎从未碰过一颗石头,
我被你的天空抬得这么高,
这么放入云、雾和更遥远处,
于是我走到锚前,
就已经离开了你。

你关上了我的眼睛
用海的气息和橡树叶,
你以我的泪水浇灌,
让草儿总是喝足;
从我的梦里释放出来后
太阳才敢升起,
可是一切又都散去,
当你的白天开场。
一切依旧没说出来。

巨大的灰色鸟儿展翅穿过街道
驱赶我。
我曾经来过这里吗?

我不想被看到。

我的眼睛睁开着。
海的气息和橡树叶呢?
在海的蛇群之下
我看到的不是你
而是我的灵魂之国倒下。

我从来没有踏上他的土地。

落下吧,心

落下吧,心,从时间之树上落下,
落下吧,你们这些树叶,从冷却了的枝头,
太阳曾经拥抱过的枝头落下,
落下吧,像眼泪落出睁大了的眼睛!

鬈发还一整天地在风中飞
绕着本地神那晒成棕色的额头,
拳头在衬衣之下已经
压住了开裂的伤口。

所以要坚硬,当云的柔软的背
再一次朝你弯下,
当伊米托斯山①再一次为你填满
蜂房,不要以为这有什么。

---

① 希腊的阿提亚半岛上的山脉,位于雅典东南方向。

因为对于农民来说旱季中一杆草算不了什么,
在我们伟大部族前一个夏天算不了什么。

而你的心又见证了什么?
它在昨天和明天之间摆动,
无声无息而又陌生,
而它所敲击的,
已是它脱离出时间的坠落。

诉说黑暗之语

我像俄耳甫斯①一样
在生命的琴弦上演奏死亡
向着大地的美丽和你那
掌管天空的眼睛的美丽
我只会说出黑暗之语。

别忘了,你也曾,突然之间
在那个早晨,当你的床榻
还被露水打湿而丁香
在你的心旁边安睡,
看到黑暗的河流,
在你身边流淌而过。

---

① 俄耳甫斯,希腊神话中杰出的音乐家,奏琴能感动兽类和天神。因失去妻子欧律狄克而下冥府,用琴声打动冥王,换得妻子复活的机会。但在走出地府前一刻,他违反与冥王的约定回头看了一眼欧律狄克,致使后者无法生还。俄耳甫斯被后世尊为音乐家与诗人的典范。

沉默的琴弦
在血的波浪上拉紧,
我抓取你发声的心。
你的鬈发变换成
深夜的阴影之发,
幽暗那黑色飞絮
裁剪你的面容。

而我并不属于你。
我两人如今都哀怨。

但是我和俄耳甫斯一样
知道生命在死亡一侧,
而你永远锁闭的眼睛
向我现出蓝色。

巴　黎

被编织在夜的车轮上
败落者沉睡
下方是雷鸣轰轰的行路,
可我们所在处,便是光。

我们的手臂载满花儿,
出自许多年的含羞草;
金色之物从桥到桥
毫无呼吸地落进河中。

这光冷,
可大门前的石头更冷,
而井泉的那些盆中
已经空了一半。

会出现什么呢,如果我们,因思乡

而直至逃跑的头发都昏沉，
停留在此并发问：会有什么呢，
如果我们经受住美？

被抬到光的车上，
也醒着，我们已落败，
在上方天才的街道上，
可我们不在处，便是夜。

大货车

夏天的大货车已经装好货,
港口里的太阳船已经准备好,
当你身后海鸥坠落并喊叫。
夏天的大货车已经装好货。

港口里的太阳船已经准备好,
在船首雕像的嘴唇上
毫无遮掩地现出鬼魂的微笑。
港口里的太阳船已经准备好。

当你身后海鸥坠落并喊叫,
从西方来了命令要下沉;
可是你将睁着眼睛在光中溺死,
当你身后海鸥坠落并喊叫。

轮　舞

轮舞——爱有时中止
于眼睛的熄灭,
而我们便往它自己
已熄的眼睛中看去。

从凹口里冒出的冷烟
飘到我们的睫毛上;
可怕的虚空仅仅
这一次屏住了呼吸。

我们看到了死去的
眼睛而永不会忘记。
爱保持得最长久
而它永不会认出我们。

秋日演习

我不说：那已是昨日。口袋中装着
失去价值的夏日钱币，我们又躺在
嘲讽的糠壳上，在时间的秋日演习中。
逃往南方的路对于我们，
正如对鸟儿一样，无济于事。在黄昏
捕鱼船和贡多拉驶过身边，有时候
充满梦的大理石会有块碎片在
我容易受伤时，经由美，击中我的眼睛。

在报纸上我读到许多消息关于寒冷
和它的后果，关于蠢人与死者，
关于被驱逐者、凶手和上万的
大块浮冰，但是很少消息让我愉快，
何必要有？冲着中午来的乞丐
我用力关上门，因为这即是安宁
能避免去看，可是避不了

雨中树叶了无欢乐的死亡。

让我们去做一次旅行吧！让我们在柏树下
或在棕榈树下或在橙树林里
以变低廉了的价格看日落，
那无可比拟的日落！让我们忘记
寄给昨日的那些得不到回应的信！
时间创造奇迹。可如果它对我们不公，
带着负罪的敲打：我们便不在家中。
在心的地下室里，我又找到了我，未眠，
在嘲讽的糠壳上，在时间的秋日演习中。

延宕的时光

更艰苦的日子要来临。
撤销之前延宕的时光
在地平线上显现。
很快你就必须系好鞋带
把那些狗赶回低洼的院子里。
因为鱼的内脏
已在风中变冷。
羽扇豆的灯燃得惨淡。
你的目光在雾中留下痕迹:
撤销前延宕的时光
在地平线上显现。

在彼方你的恋人沉入沙中,
它升起围绕她飞散的头发,
它落进她的语词里,
它命令她沉默,

它发现她终会死去
而准备着
在每次拥抱后告别。

不要四下环顾。
系好你的鞋带。
赶回狗。
把鱼扔进海里。
灭了羽扇豆的灯!

更艰苦的日子要来临。

二

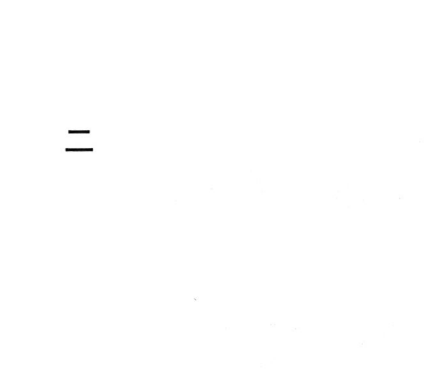

三月里的星

播种还很遥远。出场的
是雨中的未耕田和三月里的星。
宇宙将自己填入了无所收获的
思想程式中,以光为例,
那是不曾触及雪的光。

在雪之下也会有灰尘
还有,那不曾崩塌的,灰尘的
往后养分。哦,风,正升起!
犁又翻开了黑暗者。
日子想变得更长。

在长日里人们未问过我们便撒种
撒进那些弯的直的线条里,
星退场。在田地里
我们无可选择地繁荣或衰败,
服从雨而最后也服从光。

在晨光里

我们两人又将手放进火里，
你是为了放置良久的深夜的葡萄酒，
我是为了不识榨汁器的早晨泉水。
我们所信任的师傅，他的风箱在等。

担忧本已让他暖和，还加上吹风手。
他在天亮前走，他在你呼唤前来，他老了
如同我们稀疏眉毛上的晨光。

他又在泪水之锅里煮铅，
为你做一个杯子——错漏之事，值得庆祝——
为我弄出满是烟的碎片——它将在火上清空。
我便如此撞向你，让影子发出清响。

被认出的，是现在犹豫的人，
被认出的，是忘掉了咒语的人。

你不能也不愿记得它，
你从边沿饮酒，那里清凉
如同往昔，你饮酒而保持清醒，
你还会长出眉毛，你还会有人凝视！

可我已经在爱中预料到了
这个时刻，我手中的碎片
落入火中，它为我变成铅，
它的前身。而我站在这
铅球之后，睁独眼，瞄准目标，细长，
将它朝早晨送去。

木与木屑

关于马蜂我将沉默,
因为它们容易辨认。
正进行着的革命
也并不危险。
跟随噪音而来的死亡
一早便已注定。

可对于朝生暮死的蜉蝣和女人
你要留心,留心周日猎人,
美容师,犹豫不决者,好心好意者,
未曾受过蔑视者。

我们从森林中抬出枯枝与树干,
而太阳久久不为我们升起。
被流水线上的纸所迷醉
我再也认不出树枝,

认不出在更黑暗的墨水里发酵的青苔，
认不出刻在树皮上的词，
它真实而猖狂。

树叶磨损，标语绶带，
黑色的海报……在白天在黑夜
在这些和那些恒星之下，
信仰的机器颤抖。可是我要往木中，
只要它还是绿色的，用胆汁
只要它还是苦的，写下
最初的种种！

你们要去看，你们才会继续醒着！

木屑飞舞，它们的痕迹有
马蜂群在追随，在井水边
曾让我们软弱的
诱惑前竖立起抗拒的
头发。

主题与变调

这个夏天缺了蜂蜜。
王后们带走了蜂群,
草莓奶油隔天就坏,
采草莓的人早早回了家。

所有的甜由一束光
带进一场睡眠。谁睡在时间之前?
蜂蜜和草莓?与万物相逢者,
便没有痛苦。他一无所缺。

他一无所缺,只是差了少许,
为了安宁或为了直直站立。
岩洞还有阴影让他深深弯下腰,
因为没有土地接受他。
即使在山中他也不安全
——一个游击战士,被世界

交予它的死卫星，月亮。

他没有痛苦，他与万物相逢，
有什么不会降临他？甲虫的
步兵队在他手中搏斗，大火
在他的脸上堆积伤疤而泉源
化作奇美拉兽走到他眼前，
到它并不在之处。

蜂蜜与草莓？
假若他认识这气味，他早已跟随它而去！

梦游的行路之睡，
谁睡在时间之前？
有一人，出生便已老
必须早早进入黑暗。
所有的甜由一束光
从他身边带走。

他往下层丛林里吐出诅咒，
咒其遭受旱灾，他喊叫
而被听到：

采草莓的人早早回了家!
当树根抬起
吹着哨跟随他们滑行,
一条蛇皮仍旧是树的最后帽子。
草莓奶油隔天就坏。

下方村子里水桶空空立在
院子里足以用作鼓。
日光如此打下来
搅动起了死亡。

窗子关上,
王后们带走了蜂群,
没有人阻止她们飞离。
野地接受她们,
蕨类里的高树
接受第一个自由的国。
最后的人类被一根刺
戳中而不觉得痛。

这个夏天缺了蜂蜜。

初到中午

在初开场的夏天,椴树静静地绿了,
远离了诸多城市里,那白日之月,
光辉暗淡地闪耀。已经是中午了,
在井水中已经有光在闪动,
在碎片中已经升起了
童话之鸟那被剥去羽毛的翅膀,
被石头砸击得变形的手
落进了醒来的谷粒中。

德国的天空染黑大地之处
他那断了头的天使为仇恨寻找一座坟墓
递给你心的盆。

一捧痛苦丢失在了山丘上。

七年之后

你又想起,
大门前的井边,
不要往里看得太深,
眼睛越过了你。

七年之后,
在一座停尸房里,
昨日的刽子手从
金色杯中饮酒。
你的眼睛沉落。

已经是中午了,在灰烬中
铁弯曲,在荆棘刺上
旗子展开,在远古之梦
的岩石上依然有
雄鹰继续被锻造。

只是希望瞎了眼蹲在光之中。

为它解开锁链,带它
沿山坡而下,把手
放在它的眼睛上,让它

不被阴影烤焦!

德国的大地染黑天空之处,
云寻找词而用沉默填坑口,
在夏天于稀雨中听到它之前。

无可言说者翻越了大地,被轻轻说出来:
已经是中午了。

所有的日子

战争不会再被宣告,
而是会继续。前所未闻事
成了日常。英雄
与战斗相隔遥远。弱者
移入了火力圈。
白日的制服是忍耐,
表彰是心上方
那颗可怜的希望之星。

它被授予
当再无一事发生,
当战鼓之火沉寂无声,
当敌人消隐不可见
而永恒装备的阴影
遮盖了天空。

它被授予
以奖励丢开旗帜逃离
以奖励朋友面前的勇气
以奖励泄露不值得的秘密
和对每条命令
的拒不尊重。

致一位统帅

当那间店铺以致敬
变灰变瞎的各民族的名义
重新开张,你会成为
一名帮工并可服务于
我们的乡镇边界,因为你懂得
用血来围封它。
书中最前面都投下
你的名字的影子,它的
飞临诱使月桂生长。

正如我们的理解:不献祭任何人到你面前
也不要呼唤上帝(他何曾要求
与你分猎物?他何曾
做过你的希望的一名拥趸?)

有一件事你应当知道:

只有当你不再尝试，
像你之前许多人那样，用弯刀
分割不可分的天空，
月桂才会生出一片叶子。
只有当你以一种莫大的怀疑
从马鞍上抬下你的幸运而自己
跳上去，我才会祝你胜利！

因为你当时并未赢取它，
当你的幸运为你而胜；
虽然敌人的旗帜降下
武器也落到你脚下
连同花园里的果实，
那是另一个人所种。

在地平线上你的幸运之路
和你的不幸之路
交汇为一之处，执行战役。
在天色暗下来而战士们睡去时，
在他们咒骂你又受到
你的诅咒时，执行死亡。

你将坠落
从山峰落入山谷,随着湍急的水流
落进峡谷,落到丰饶富产的土地上,
落进土地的种子里,然后落进黄金的矿里,
落进青铜的河流里,从青铜里会锻造出
伟人的全身雕像,落进遗忘的深邃
区域里,在那里落下百万寻的深度,
落进梦的矿井里。
最后却是落进火里。

在那里月桂树递给你一片叶子。

讯　息

从有尸体之暖的天空前厅走出了太阳。
那里没有不死之神,
那里有阵亡者,我们听闻。

而光辉不会走向腐烂。我们的神祇,
历史,为我们预定了一座坟墓,
无人从中复活。

三

那些桥

风在那些桥前把带子绷得更紧

在横梁边上天空
磨碎了它最暗的蓝色。
在光中我们的影子
从这边换到那边。

米拉波桥①……滑铁卢桥……
这些名字怎么能忍受,
背负这些无名之徒?

受那信仰负载不了的
失落者所碰触,
河中的鼓苏醒。

---

① 法国塞纳河上的一座桥。

所有的桥都孤独,
而声望对它们而言是危险
对我们也如此,我们却误以为
在我们的肩头感受到了
恒星的脚步。
可是在消逝者的落差之上
还没有梦为我们搭起拱顶。

还不如,在河岸的委托中
生活,从一个到另一个,
整个白天都醒着,
于是受召唤者分开了绷带。
因为他在雾中抵达了
太阳之剪,当它让他目眩,
下降的雾将他环绕。

夜 航

我们的田是天空,
就着发动机的汗水耕种,
面朝深夜,
征用梦——

在髑髅地①和焚烧堆上做梦,
在世界的屋顶下,屋顶的瓦
风已带走——而如今是雨,雨,雨
在我们的屋中也在磨坊中
蝙蝠盲目地飞舞。
谁在那儿居住?谁的手洁净?
谁在夜里发出亮光,
鬼魂照亮鬼魂?

藏在钢的羽毛里,乐器

---

① 即《圣经》中的各各他山,耶稣受难的十字架即立于此。

审讯空间，考勤钟和刻度尺
审讯云丛，而爱情拂掠过
我们的心那被遗忘的语言：
短又长而长……足足一个小时
冰雹震动耳鼓，
耳朵，排斥我们，倾听而弯折。

没有没落的是太阳和地球，
只作为星体漫游而无从辨认。

我们从一个港口升起，
这里重要的不是返程
不是货运也不是捕捞。
印度的香料和来自日本的丝绸
属于商人
就如同鱼属于网。

但可以感到一种气味，
奔跑在彗星之前，
还有空气的织物，
被下落的彗星撕碎。
称它为孤独人的状态吧，

惊讶在其中发生。
除此无他。

我们上升了,修道院空了,
自从我们忍耐,一个教团,既不治愈也不教导。
行动不是飞行员的事。他们
眼中有支点,膝盖上摊开
一个世界的地图,无可添加。

谁在下方那儿生活?谁在哭泣……
谁丢掉了回家的钥匙?
谁找不到他的床?谁睡在
门槛上?谁,当早晨来临,
敢解释银色长条的意义:你们看,在我头顶……
当水重新又灌进磨坊的水轮,
谁敢回忆深夜?

诗　篇①

1

和我一起沉默，就像所有的大钟那般沉默！

在恐怖的胎衣里
害虫寻找新的养料。
为供人观看，一只手在耶稣受难节
悬于天穹，它缺了两根手指，
它没法发誓，说万物，
万物都不曾有，无一物
将存留。它潜入云霞中，
移除了新的凶手
自由离去。

深夜里在这大地上

---

① 这是《圣经》中的"诗篇"名字。

探入窗户,推开亚麻布,
好敞露出病人们的隐秘,
满是养料的一个脓疮,对每种胃口
都是无尽的痛苦。

屠夫们戴着手套,止住了
被暴露者的呼吸,
门里的月亮落到地上,
让碎片散落在地吧,那把手……

一切都是为了最后的涂油而做。
(圣礼不能完成。)

2

一切多么虚无。
滚动一座城到近前吧,
将你自己抬举出这座城的尘埃,
接任一份官职吧
并调适你自己,
以避免暴露。

兑现那份承诺
在空中的一面盲镜前，
在风中的一扇紧闭的门前。

无人走过的是天空悬崖上的路。

3

噢，眼睛，在大地的阳光储存器边烧毁，
承受所有眼睛的雨之负累，
现在被纺织成线，织它的
是可悲的
现今的蜘蛛……

4

在我的静默这块洼地里
放下一个词
再在两边将森林拉扯大，
好让我的嘴
整个在阴影中。

在玫瑰的风暴里

不论我们在玫瑰的风暴里转向何方,
深夜被花刺照亮,而叶子的
雷霆,叶子在花丛中曾是那么轻,
现在跟在我们的脚后。

盐与面包

如今风提前送出了铁轨,
我们将在缓慢的火车中跟随
然后居住在这些岛屿上,
以信任换取信任。

我在我最老的朋友的手上
放回我的职位;如今雨先生
掌管我的幽暗房子并在账本中
我划出的线上再作添加,
自从我渐少驻留在此。

你,身着发烧般发白的法衣,
追上被驱逐者并从
仙人掌的肉中拔出一根刺
——虚弱无力的符号,
我们缺乏意志地向其弯腰。

我们知道,
我们始终是大陆的囚犯
并再次沦陷于它的侮辱,
而真理的潮涨潮退
不会变得更少。

可在山崖中睡着
那被微微照亮的头骨,
爪子挂着爪子
在黑暗石头中,痊愈了的
是火山的紫罗兰色上的烙印。

光的巨大暴风雷中
没有丝毫抵达这些生命。

于是我取了些盐,
在大海漫过我们之际,
然后走了回来
然后将盐放在门槛上
然后走进房子。

我们和雨分一块面包,
一块面包,一份罪责和一所房子。

维也纳郊外的巨大风景

平原的幽灵,上涨的河流的幽灵,
你们受召唤到我们的终点,不要在城市前止步!
随身也带上,那从葡萄酒垂悬
到易碎边沿上之物,沿着一条细流引导
索求出路之人,打开原野!

在那边一棵树的赤裸关节枯萎,
一盘飞轮跳进来,钻塔
从田地里击打春天,雕像林压过
被抛弃的绿原残像,油的虹
在田间水井上空醒来。

这其中有什么意味?我们不再上演舞蹈。
在长久中断之后:不谐和音亮起,略微如歌。
(而我的脸颊上再也感受不到他们的呼吸!)
轮子静止。穿过灰尘和云之糠壳

遮盖我们的爱的大衣，在大转轮下打磨。

人们什么都无法满足，正如此处，在最初的亲吻前
是最后的亲吻。当做之事是，带着嘴中的余音
继续走并沉默。鹤在平滑水域的
芦苇里完成它的圆弧之处，
鸣叫比波浪还响，它的丧钟在芦管中敲响。

亚洲的呼吸在彼岸。

谷种的有节奏的上升，成熟文化
在衰落前的收获，它们得到书面确认，我便
知道向风儿诉说。在斜坡背后
更软的水混浊了眼睛，而它还想
让我染上沉醉的界墙①之感；
在杨树下在罗马人之石旁我挖掘
寻找多民族哀悼的演示场，
寻找那默许的微笑和那婉拒的微笑。

所有的生命都装在积木中迁移，

---

① 原文为 Limes，古罗马留下来的界墙。

新的苦难以卫生的方式减缓,在林荫道上
栗子树开花而无香,蜡烛的烟
没有再耗费空气,在护墙之上
在公园中头发如此寂寞地飞散,在水中
球下沉,掠过孩子的手
沉到水底,而那死了的眼
遇上了蓝色的眼,曾经的它。

无信仰的奇迹数不胜数。
一颗心会坚持要做一颗心吗?
梦见,你是纯洁的,举起手发誓,
梦见你的种族①,它打败你,梦见
却又抵制那抗议中神秘的防御。
用另一只手而数据和分析
便成功了,它们将你祛魅。
分隔你的,是你。排放而出,
领会了重又回来,以新的告别形态。

太阳先于飓风飞向西方,
两千年过去了,无一物留给我们。

---

① 原文为 Geschlecht,也可理解为生殖器。

风抬起了巴洛克彩带,
从楼梯上落下小天使的脸,
棱堡崩塌进光线昏蒙的庭院,
从五斗橱中落出面具和花环……

只有在午间阳光下的广场上,带着锁链
在柱子基座边而倾倒于最易逝的
瞬间并沦陷于美,我宣告离别了
时间,众多正到来的幽灵中的一个幽灵。

河畔玛丽亚 ①——
中堂空空,石头目盲,
无人获救,多人受击,
油不想燃烧,我们所有人
已经从中饮过——哪里还有
你的永恒之光?

于是鱼儿也都死去,涌向
黑色的海,海等候我们。
可我们早已流入海,被其他河流的

---

① 这是维也纳城中的一个教堂,最古老的哥特式建筑之一。

旋涡卷去,那里世界
缺失而有少许欢快。
平原的塔如此追颂我们,
我们毫无意志地来并在
忧郁的阶梯上跌落得越落越深,
带着对这坠落的敏锐听觉。

大熊座的呼唤

游戏结束

我亲爱的弟弟①,我们何时造一只筏
沿天空顺流而下?
我亲爱的弟弟,载的货很快就会过重
我们将沉没。

我亲爱的弟弟,我们在纸上画出
许多国家和铁轨。
当心,在这里的黑色线条前
你会由于地雷而高飞。

我亲爱的弟弟,那时我愿被
绑在木桩上喊叫。
而你已经骑马出了死亡峡谷

---

① 德语中的 Bruder 不分兄或弟,考虑到巴赫曼自己有个她非常疼爱的弟弟,并考虑到全诗对话的语气,译为弟弟。

我们两人逃亡。

醒在吉卜赛人营中,醒在沙漠帐中,
我们头发间流出沙子,
你的和我的年龄还有这世界的年龄
不是用年岁来量度。

不要被狡诈的乌鸦,不要被黏稠的蜘蛛手
和灌木中的羽毛所欺骗,
也不要在安乐乡里吃或喝,
饭锅里水罐里都是假象在冒泡。

只有在黄金桥边还为红宝石仙女
记得那个词的,才会得胜。
我必须告诉你,它已经随着花园中
最后一点雪消融不见。

我们的脚走过许多许多石头而受伤。
一个石头可治愈。我们要带着它跳跃,
直到孩童之王,嘴里衔着开启他的王国的钥匙,
来接我们,而我们将会唱道:

这是美丽的时光,当枣核发了芽!
每个坠落的,都有翅膀。
红色的顶针为穷人的裹尸布镶边,
你的心瓣降落在我的印章上。

我们必须去睡了,最亲爱的,游戏结束了。
踮起脚走。白色衬衫鼓胀。
父亲和母亲都说,屋里闹鬼,
在我们交换呼吸之时。

关于一片土地、一条河和那些湖

1

我数一个想要学会恐惧
便离开原野,离开河和湖的人
留下的踪迹和呼吸的云朵,
因为,按上帝旨意,风要将它们吹走!

数着数着又停下——它们与许多雷同。
命运彼此相似,这些奥德赛。
可是他经历过,绵羊食草处,
已有目光如恒星的狼群伫立。

他感觉自己的波浪已被描绘出,
在它将他挟走,让他痛苦之前;
它在湖中跃起,而且它摇起摇篮,
他的星象透过面纱注视篮中。

他晃动并踩踏坚果的空壳,
他建议熊蜂发出更尖锐的声音,
而星期日对他来说不仅是钟响之甜蜜——
星期日是他失去的每一天。

他从软化的铁轨里拉动手推车,
不被任何轻松的轮子轨道所诱惑,
伴着高喊,水波将喊声传远
传到湖边,被第一次山岩塌方所搅起。

可七块岩石变成了七块面包,
当他在怀疑中退入深夜;
他穿过香味潜逃并一路
撒下面包屑给身后迷途的人。

回忆起来吧!你现在到世界各地都知道:
谁若忠诚,便会在晨光里被领回家。
哦,时间已延期,时间交付给了我们!
我所忘记的,光芒灿烂地触碰了我。

2

在晨光中井移到中央,
牧师,每日祈祷书,星期日王国,
冷的箭和黑色的帽子,
身躯,荣耀和财富移到最高委员会面前。

河流无为而立,柳树沐浴,
国王之烛的光亮一直照进房中,
沉重的饭食已经抬上来,
而所有言词都是为了说出阿门。

那些下午,明亮而庞然——
针在袜子中跳,毛线撕裂,
而马的餐具被擦洗,
直到一件当啷响,法拉达① 携它远行。

老人们躺在散发霉味的室内,

---

① 法拉达是格林童话"牧鹅少女"中的一匹马的名字,这匹马忠于主人,会说人话,被冒充公主的侍女所杀,马头挂在城墙上还和真公主说话。

怀抱遗嘱，睡第二场觉，
而他们的儿子悄无言语地与
女仆们造出儿子，上帝化雨击中她们。

被静止的嘴唇和被静止的眼睛——
毛毛虫入了茧挂在神龛中，
而粪味与飞蝇葡萄①一同
在清早的微光里穿过窗户进了屋。

傍晚时分在栅栏边人声鼎沸，
虔诚与玫瑰在喧嚷中被掰碎，
猫儿们从梦中被惊醒，
风儿挪走红色的紧身胸衣。

辫子解开了，成对的影子
消失在迷雾中，从近处的山丘滚来
结不了果的月亮，占据了耕田
又征用了这片土地一夜。

---

① 产于奥地利的一种白葡萄。

3

绵延的山峦只剩了一座城堡，
山守护它，在它周围排列岩石，
送出有利爪章印，那国王徽章
的猛禽，在城堡完全倾塌之前。

高墙后面隐藏过三个死者；
其中一个头发还从哨塔往外飞，
其中一个据说会抛下石头，
其中一个据说长了两个头。

受他们三人命令的，纵火，
被一丝黑发缠绕的，谋杀，
而谁如果抬起了石头，自己就会死去，
就在这个夜晚，在乌鸫唱歌之前。

城垛上不穿鞋的幽灵们，
地牢里无防备的尸体，
访客留言簿上看客的名字——

深夜掩盖了他们,他们呼唤我们来。

它打开了地图,隐瞒了目的地;
它将时间记作一次冰河纪,
冰碛层上的碎石小路,
通往杂砂岩和白垩岩的路。

它赞扬了龙画像和堡垒,
那被前世的褶裥所围住者,
在那里上是下,下是上。
冰块还会在蓝色的裂缝上方跳舞。

深夜带路进入洼地。我们重又被冲入
冰冷的新时代的地窖地带。
那么就在洞穴之图中寻找人的梦吧!
雪鸡①的羽毛插在了你的裙上。

---

① 雷鸟,在德语中字面意思是"雪鸡"(Schneehuhn),为了保持意象上的连贯,这里保留德语的名称。

4

我们昔日披着另一种衣裹行路，
你穿着狐毛裘，我穿着鼬毛裙；
更早的时候我们是玛沫尔花，
在西藏的一个深沟中被雪覆盖。

我们出离时间，不受光照地站在水晶中
并在第一个小时到来之际融化，
我们被所有生命的阵雨侵袭，
我们开出花，被第一个意义授粉。

我们在奇迹中漫游而且我们脱去了
旧衣裳，穿上了新的。
我们从每片新的土壤中吸取力量
并且再也不屏住我们的呼吸。

我们有鸟儿的轻盈，有树那般重，
是海豚的果敢，是鸟蛋的宁静。
我们是死的，是活的，有时是一个生命，
有时是一个物。（我们绝不会自由！）

我们没法持守自己,而我们
满怀喜悦迁入每一个身体。
(我不会对任何人说,你之于我意味着什么——
是温柔的鸽子之于一块粗粝的石头!)

你曾爱我。我曾爱你的面纱,
那明亮的,围绕材料而飞的材料,
在夜里我毫无好奇地抱住你。
(愿你还爱!可我不愿见到你!)

我们走进有自己泉源的土地。
我们找到证书。这整片土地,
如此无边界又受人钟爱,是我们的。
它在你的贝壳之手里有了位置。

5

有谁知道,他们什么时候给土地划出边界
在松树林周围拉上铁丝网?
山涧踩熄了导火索,
狐狸将炸药赶出了洞穴。

有谁知道,他们在山脊和山顶上寻找什么?
一个词?我们在嘴中好好保管着它;
它从两种语言中说出会更美好
当我们缄默不语,它还会成对出现。

在别处关卡上会降下横木;
这里交换问候,分享面包。
为了让边界痊愈,每个人都会带来
满满一捧天空和满满一兜土地。

若巴别塔里世界也陷入混乱,
人们拉长你的舌头,折弯我的——
那穿越犹地亚①的灵也会发出
愚弄我们的呼气声和唇间音。

自从名字将我们晃进了万物,
我们给予符号,一个符号为我们而来,
雪就不仅仅是从上降下的白色货物,
雪也是降临我们的安宁。

---

① 古代以色列地的南部山区地带。

必得在每次分开中感悟,无一物可以分开我们;
在同样的空气里他感到同样的切割。
只有绿色的边界和空气的边界
在夜风的每一步下愈合伤口。

但是我们想要谈论边界,
也通过每个词走在边界:
我们会出于乡愁而跨越它们
然后与每一个地点取得和谐。

6

屠宰日带着明亮的刀旋风走近,
疲惫的刀刃受着晨风的打磨,
而微风中走出上了浆的男人
围裙,男人围绕畜牲聚集。

绳索被拉得更紧,
兽嘴冒出泡沫,而舌头在游泳;
邻居提供盐和胡椒粉,
而牺牲的重量被核定。

死者在这里要变轻,
因为活者,那不缺血的,
——在秤上反抗的不止生命!——
在这里给出没有指针数得出的偏差。

所以要躲开有热唇的狗
和那卑鄙者,他用生的血将自己
灌满,直至影子将血转化成
黑色水坑的无主财物。

之后一场大咯血:脸颊上的污斑——
第一份羞耻,因为有痛苦和罪责
而被取出的动物的内脏
变化为第一个未来的符号;

因为甜的肉和骨髓饱满的骨头
都少了呼吸,在你呼吸畅通之处。
在卸下的纺纱杆上的祖先之裙上
突然间有蜘蛛网飘过。

眼睛越过。年月下沉。

年轻的眉毛感到白色的笔。
而骨骼从尸体堆放处升起,
有干枯的花朵文字的十字架。

7

为了节日所有的灵魂都洗干净了,
木地板在舞会前用碱洗过,
孩子们虔心往水里呼气,
在草秆上显现美丽的肥皂光彩。

面具游行队绕着成排房屋转弯,
稻草人偶挨着小麦墙蹒跚而行,
骑士跳过成块花团,
而音乐进入夏日之国。

嘴鼓伴着笛音哀怨。
夜的斧子落进腐烂的光里。
残废递来驼背供人抚摸。
白痴发现了自己的梦之脸。

柴堆燃起了火:他取来功业和时日

在开场之前,在新的月亮前;
种子和火苗走向星星,
他们得知,天空中什么值得。

枪击飞越杉树行列。
总有一击落下,在肉里渐渐消失。
还有一击留在原地,掩埋在针叶里
被黑色森林的青苔噤声。

悲伤的宪兵冲向终结。
脚踩踏出一个狂乱的韵,
而被奔涌的刺柏转换了调子
醉酒之人败落而摇摇晃晃地回家。

在黑暗中彩带久久飘动,
纸片惊悚地飞到屋顶之上。
风清扫被遗弃的店铺
给做梦人补充糖做的心。

8

（难道不是我空想出它们，这些湖
和这些河！还有谁认识这座山？
有人迈着巨人的步子穿过一片土地吗？
有人信赖好心的侏儒吗？

方向呢？还有回归线呢？
你还在问？！架起你最猛烈的马车，
运走这地球，带着眼泪
顺着这世界滚动！你绝对无法抵达那里。

什么在呼喊我们，让人头发竖立？
颠茄在火热的耳朵边飞舞。
血管喧闹，被寂静塞满。
丧钟在大门上方晃动。

患上乡间眼盲的窗户，绵羊那玩意儿，
疮痂，老人仅剩的财产，与我们何干？
嘴和眼努力做到目瞪口呆。

我们分得了持久的形态。

马和棕色的云,风之狼和磷火,
乖顺的号角声,对我们有何意味!
我们向着另外的目标升起,
而另外的篱笆让我们坠落。

月亮凭何烦扰我们,还有星星,
我们这些额头变暗而灼热的人!
在所有国度中最美者衰落之际
是我们将它当作梦拉入内心。

法律在哪,秩序在哪?哪里会有我们
完全可领会的叶子和树木和石头?
它们在美的语言里,
在纯净的存在里……)

9

有着山楂眼睛的弟弟走来,
胸上有篱笆,带着粘鸟胶;
乌鸫飞着坠落到他枝条上
并与他一起赶牛群回家。

它将在他金色头发里筑巢,
在马厩里,当他在草秆中倒下,
呼吸动物热气,搜索影子马笼头
和一枚用于马鞍的硬币。

它将把长喙浸入玫瑰油中,
它会往他眼中滴入玫瑰之光。
深夜登入它正膨胀起的羽毛
将它托举在极乐的舍弃中。

"哦,姐姐唱吧,唱遥远的日子吧!"
"我很快就会唱,很快,在一个更美的地方。"
"哦,唱吧,用歌曲编成地毯
今天就带我乘着它飞走吧!

和我一起歇息,在蜜蜂款待我们之处,
在戴天使帽的天使美人拜访我之处……"
"我很快就会唱——可是在塔里开始嗡嗡响了,
入睡吧!是猫头鹰遁逃的时候了。"

南瓜灯们兀自转了一圈,
仆人跳上车,鞭子拿在手,
他瞪着灯光,吓到了乌鸫
在最后牧羊人之国的出口。

镰刀用狂野的翅膀击杀,
长叉在大门边刺向挥翅者。
可在它们的喊叫惊醒安睡者之前
他的心在最初的玫瑰花丛中已受惊吓。

10

在深湖与蜻蜓的国度,
筋疲力竭的嘴贴在古老石头上,
一个人在呼唤最初光明的灵,
在他永别这国度之前。

他在泡沫草里清洗疼痛的眼睛;
他冷漠而脱离迷魅地看到,他曾看到过的。
让人战无不胜之物,已经给了他:
宽阔的心灵和口琴。

是苹果酒的时候,是燕子的时候了;
酒桶的桶口已经打上印记。
谁现在饮酒,是为黑色的飞鸟之列而饮,
而每一个远方都让他的心疯狂。

他关闭了锻铁场、磨坊和礼拜堂,
他走过玉米地,打落玉米棒,
玉米粒带着黄金火苗跳跃,
而供他食用者,已熄灭。

为了告别兄弟姐妹发誓守护
他们之间用沉默与信任组成的联盟。
牛蒡花环从头发中扯下,
谁都不敢从地面往上看。

鸟巢从树枝上坠落,
火绒燃烧,火在叶子里挖刨,
在蓝色的蜂房上天使
向过期失效的盗蜜复仇。

哦,天使之宁静,当行走时丝线
被四下抛向所有的风里!
有了一切可为的自由,手不会放开,
它在走入迷宫前捕住一个人。

大熊座的呼唤

大熊,下到此间来吧,毛蓬蓬的夜,
云绒兽,有着古老的眼睛
星之眼,
冲破灌木丛而微光闪闪,
是你的掌,带有爪子,
星之爪,
我们警觉地护住牧群,
却被你迷住,又怀疑
你疲惫的侧腹和锋利的
露出一半的牙齿,
老熊。

一个杉果:你们的世界。
你们:上面的鳞片。
我推它,滚它
从开始的杉树林

到终结的杉树林,
冲它擤鼻涕,在嘴里验它
并用爪子抓取它。

你们害怕也罢你们不害怕也罢!
往系铃布袋里捐钱吧,给
那个眼盲的男士一句好话,
让他用绳子拴好熊。
还要好好给绵羊加调料。

有可能,这头熊
会挣脱,不再威胁人
却追逐从杉树上落下的
所有杉果,那硕大的,长翅膀的,
从天堂坠落的杉果。

我的鸟儿

不论发生什么:这被蹂躏的世界
会沉回昏蒙之中,
森林已为它准备好一份安眠药水,
而从看守离开的哨塔上
猫头鹰的眼睛宁静而持久地俯视。

不论发生什么:你知道你的时辰,
我的鸟儿,你揭开你的面纱
穿越雾飞到我这儿来。

我们在雾气圈中窥视,圈中住着那伙恶棍。
你遵从我的暗示,冲撞而出
并旋转起羽毛与皮毛——

我的冰灰色并肩同袍,我的武器,
插上了那根羽毛,我唯一的武器!

我唯一的装饰:你的面纱和羽毛。

就算在树下的针叶雨里
我的皮肤灼烧
而齐腰高的灌木
用香味浓郁的叶子诱惑我,
就算我的鬈发如蛇吐信,
来回摇晃并吸取湿气,
星星的废墟还是会
准确地砸到我的头发上。

当我戴上轻烟的头盔
又记起,发生了什么,
我的鸟儿,我的深夜援手,
当我在夜里被人点着了火,
在漫漫黑暗里烧得噼啪响,
我会把火苗砸出身体。

当我依旧被点燃,如我依旧存在
并且被火所爱,
直到树干中流出了松脂,
滴到伤口上并暖暖地

把土地纺成线,
(当你在深夜里也把我的心劫走,
我寄托信仰的鸟儿,我恪守忠诚的鸟儿!)
那瞭望台会移到亮光中,
你,得到平息后,
在美妙的宁静中飞达它——
不论发生什么。

二

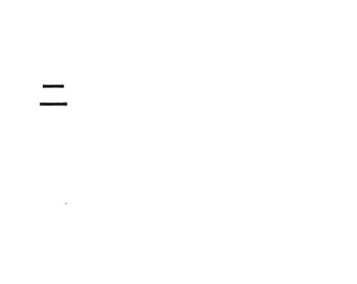

土地征收

我来到牧场,
已是夜深时分,
在草地里嗅伤疤
和风,在风起之前。
爱情不再吃草,
钟声渐散
草束憔悴。

一支号角插在大地上,
被领头兽错撞,
被夯入黑暗中。

我拔它出了土地,
我举它向着天空,
用尽全力。

为了用声响
填满这整块大地,
我吹起号角,
想要在吹来的风里
在各种出身的飘飞
草秆下生活!

生平经历

这夜漫长,
那男人觉得夜漫长,
他没法死去,长久地
在路灯下蹒跚而行
他赤裸的眼睛和他的眼睛
以烧酒呼吸而盲,在他的
指甲下湿肉的气味
不是总让他麻痹,哦,上帝
这夜漫长。

我的头发不会变白,
因为我从机器的怀中爬出,
焦油玫瑰红涂在我额头上
和发鬈上,有人掐死了
她的雪白姐妹。但是我,
这个头目,穿过这座

有十倍十万灵魂的城市,我的脚

踩在皮革天空下的灵魂海蛆上,

从这天空里

有十倍十万和平烟斗

垂下,冰冷。天使之宁静

我常常期望得到

还有狩猎场,那里充满

我朋友的

无能喊叫。

伸展着腿和翅膀

青春自作聪明地上升

越过我,越过污水洼,越过茉莉花直到

带有平方——

根秘密的巨大夜晚,死亡的

传说每小时都往我窗户呼气,

给我狼奶并往我的

咽喉里倾倒我之前那些

老者的大笑吧,当我睡着了

翻过硕大古书

落入羞人的梦里,

让我无法思想,

而是把玩流苏,
从流苏中散落出蛇。

我们的母亲也曾
梦过她们丈夫的未来,
她们看到他们强大,
革命而孤独,
但是在花园里礼拜后
弯腰在燃烧的杂草之上,
与出自他们的爱的聒噪孩子
手牵着手。我的悲伤父亲,
你们当时为什么沉默
而没有继续思考?

失落在火喷泉里
在毗邻一尊不开火的
炮的深夜里,这夜
长得要命,在患黄疸病的
月亮的吐出物,它的苦胆味的
光下,沿权力之梦的痕迹
从我身上(我阻挡不了)
扫过了带有被掩饰的

历史的雪橇。
不是我在睡：我醒着，
在冰骷髅之间我在寻找路，
回到家，把常青藤绑在
我的手臂和腿上并用
阳光的残余刷白废墟。
我拽住高高的节庆日，
到它被称赞之时，
我才折断面包。

在一个骄横的时代
必须飞速从一束光
走进另一束光里，从一个国
走进另一个国里，在彩虹下，
心里有圆规尖，
用作橡皮擦的是深夜。
广阔敞开，从山
看得到湖，在湖里
看得到山，在整排云椅里
有一个世界的钟在
摇摆。我被禁止获知
是谁的世界。

在一个星期五发生了此事,
——我为我的人生斋戒,
空气从柠檬汁中滴下
而鱼刺扎在我的上颚——
我从这铺平的鱼中取出
一枚戒指,它在我
出生之际被扔出,落入夜的
流水中并沉没。
我把它扔回了夜里。

哦,假若我没有对死的恐惧!
假若我有那个词,
(我不会错过它),
假若我心中没有飞廉,
(我不会背离太阳),
假若我口中没有贪欲,
(我不会喝下野外的水),
假若我没有打开睫毛,
(我不会看到绳子)。

他们拖走了天空吗?

若大地不再承载我,
我已久久静躺,
我已久久躺在,
深夜想要我之处,
在它从鼻孔呼气
并抬起蹄子
要做新的击打之前,
总是为了击打。
总是夜。
而没有白天。

归　途

由钥匙花①和受诅咒的
三叶草构成的深夜
湿了我的双脚,
让我走得更轻盈。

吸血鬼在身后
练习孩子的步伐,
而我听到他呼吸,
当他来回交叉地走路。

他已经跟了我很久吗?
我让谁受过委屈吗?
能够救我的,
还没有送出。

---
① 也即报春花,为保留原诗中意象,译文中仍使用德语中的构词法。

草秆围绕礁石之塞
扎营的地方,
从泉源那古老、清澈
的嘴中冲出:

"为了不堕落,
不要再继续缺席,
听那钥匙叮喳,
来这草地房中!

将为纯洁的肉而死的
是那不再爱它,
只对迷醉与悲哀
说出更多消息的人。"

带着将我击倒的
邪恶的力量,
吸血鬼在飞行中
扩大他摇摆的幅度,

抬起了一千个头,

友人兼敌人的脸,
罩着打碎光环的
土星的影子。

当斑印被拉扯
进颈项皮肤里,
诸门自己打开
以绿的方式而无声息。

草地的门槛
闪着我血的光亮。
夜啊,盖住我的眼睛
用愚人的帽子。

雾之国

冬日里我的恋人
就在森林的兽类之中。
我必须在早晨之前回去,
母狐狸知道并且大笑。
云朵是怎样的颤抖啊!而我
的雪衣领上落了
一层易碎的冰。

冬日里我的恋人
是树中一棵树并邀请
被幸福离弃的乌鸦
进她的美丽枝丫中。她知道,
风在暮色降临时,
会举起她那僵硬、被霜占据的
晚礼服,将我赶回家去。

冬日里我的恋人
在鱼之中而静默。
随着从内推动它们
的鱼鳍线的水流,
我站在岸边注视,
看她潜入水中并转身,
直到泥块驱走我。

又被鸟儿的狩猎呼喊
所击中,鸟儿在我
头顶盘旋,我落到
开阔田地里:她剥去
母鸡的羽毛并扔给我
一支白色锁骨。我挂它在
脖子上,穿过苦涩的绒毛离开。

我的恋人不忠,
我知道,她有时候蹬着
高高的鞋子飘往城市,
她在酒吧里用秸秆亲吻
酒杯深深入嘴,
她说出了给所有人的话。

可这种语言我听不懂。

雾之国我已见过，
雾之心我已吃过。

蓝色时辰

年老的男人说:我的天使,都随你,
当你仅仅安宁了敞开的傍晚
倚着我的手臂走了一段,
听懂密谋的椴树的裁决之语,
那些路灯,浮肿,在蓝色中惶然,
最后的脸庞!只有你的脸闪亮得精细。
书死去了,世界两极失去张力,
还在将黑暗的洪流束为一体的,
你头发中的发卡,分离开去。
不停留穿堂风在我屋宅中,
月亮口哨——然后在自由的路程上跳,
爱情,被记忆损耗。

年轻的男人问:你永远都将如此?
伴着我房间里的阴影发誓,
那椴树之语黑暗而真实,

用繁花来诉说吧,并散开你的头发
和夜的脉搏,夜想要渗出!
然后一个月亮信号,风就会停住。
路灯在蓝色光里结伴相依,
直到空间随模糊的时辰破碎,
在轻柔的咬之下你的嘴
投宿我的嘴,直到痛苦将你教会:
那个词鲜活,它获取了世界,
玩尽后又失去,而爱情开始。

女孩儿沉默,直到纺锤转过身去。
星星硬币落下。时间在玫瑰中消逝:——
先生们,你们把剑交到我手中,
而圣女贞德拯救祖国。
伙计们,我们拉船穿过冰,
我保持航线,再没有谁还知情。
买银莲花吧!三个愿望这个联队,
在一个愿望的气息前它们闭上了嘴。
从马戏团帐篷里的高架秋千上
我跳过这个世界的火环,
我把自己交到我主的手上,
而他仁慈地送了我长庚星。

解释给我听,爱情

你的帽子轻轻透了透风,打招呼,在风中飘,
你无遮盖的头让云倾心,
你的心在别处忙碌,
你的嘴吞入新的语言,
田间凌风草疯长,
星星花被夏天吹动又吹灭,
被飞絮迷眼你抬起了脸,
你笑了又哭随后因自己而毁灭,
你还当遭遇什么——

解释给我听,爱情!

孔雀,于庄重的惊讶中,开屏,
鸽子将羽毛领子竖高,
被咕咕声装得过满,空气打转,
公鸭叫喊,野蜂蜜

整片大地都在取用,在老成的公园里
每一道花圃都有一层黄金尘埃镶边。

鱼儿红了脸,追上鱼群
穿过岩洞落到珊瑚床上。
伴着银沙音乐,蝎子羞怯起舞。
甲虫远远嗅到最妙之物;
唯愿我也有它的敏觉,我也会感到,
它盔甲下的翅膀闪闪发光,
我会一路找到远方的草莓丛!

解释给我听,爱情!

水会说话,
波浪与波浪牵着手,
在葡萄园上葡萄膨胀,跳起又落下。
蜗牛如此冒冒失失走出了宅居!

一块石头懂得让另一块变软!

解释给我听,爱情,我无法解释的这些:
这短暂的可怕的时光,我只该

以思考面对且独守
不识任何可爱者也不做任何可爱事吗?
人必须思考吗？他不会被人惦念吗?

你说：有另一个灵寄期望于他……
什么都别解释了。我看到了蝾螈
穿过一切火而行。
没有恐惧驱赶它，什么都不会给它伤痛。

碎片山丘

与严寒交配过,这些花园——
面包在炉中烧焦——
由丰收之传说编成的花环
是你手中的火绒。

缄默!保留你的乞讨所得吧,
保留那些词,它们因泪水而错乱,
在碎片积成的山丘下吧,
那山里总现出沟壑。

当所有水罐都炸碎,
罐中泪水还留下了什么?
底下是充满火的裂缝,
是正待窜出的火舌。

还有蒸汽被造出

伴着水响与火响。
噢,云的升腾,词的升腾,
托付给了碎片之山!

浸入白色的日子

在这些日子我与桦树一起起床
然后从我额头梳出来小麦头发
在一面冰镜子前。

掺入了我的呼吸,
牛奶凝聚成块。
这么早它便轻轻冒泡。
在我往窗玻璃上吹气的地方,
又出现了,一根小孩手指画出的,
你的名字:无辜!
在这么长的时间以后。

在这些日子我已不再为此而痛苦:
我能够忘记
而又必须记得。

我爱。爱到
白热化并用英式问候感谢。
我在飞行中学会了它。

在这些日子里我想念信天翁,
我曾随它摇摆着
起起落落
进入未被描述的国度。

我预感到在地平线,
于下落之际光彩四溢的,
我的神奇大陆
在彼岸那边,它身着尸衣
离开我。

我活着并听远方传来它的天鹅之歌!

哈勒姆[①]

从所有的云里分解出木桶长板,
雨穿过每一口竖井漏下,
雨从所有消防梯上跳起
然后在盛满音乐的盒子上乱蹦。

这座黑色的城市翻着它的白眼
然后从每个转角离开这个世界。
雨的节奏瓦解了沉默。
雨的蓝调被关掉。

---

① 纽约的一个城区。

广告牌

可是我们往哪儿去

别担忧别担忧 ①

当天色暗下来而天冷起来

别担忧

可是

伴着音乐

我们应该做什么

欢快地伴着音乐

想什么

欢快

眼见着一个终结

伴着音乐

我们要往哪里载去

最好

---

① 原文中为斜体。

我们的问题和所有岁月的恐惧
往梦之洗衣房里别担忧别担忧
但是会发生什么
最好
当死之寂静

走入

死　港

湿的旗挂在桅杆上
那颜色，从没有被哪片陆地披上过，
而它们飘动，为泥沙堆积的星和
月，月呈绿色在桅筐安息。

大发现时代中浮出的水世界！
波浪蔓延漫过每一条路，
有光从上滴落，出自新的街道
织就的网，错铺入空气中。

水在下方翻动《圣经》，
而指南针静止在夜之上。
从梦里洗出黄金，
而留给海的是遗弃。

没有一块陆地，没有一块未被踏足过！

水手之网被撕碎而漂动,
因为发了狂大笑的发现者
落进了死去的支流中。

言谈与言诽

不要从我们的嘴中出来,
词,播下龙之种的词。
确实,空气闷热,
光发了酵,变酸了,泛起泡沫,
在沼泽之上挂着蚊子纱一片黑。

毒芹嗜酒。
一撮猫毛铺开,
蛇在上面嘶嘶响,
蝎子领起舞来。

别钻进我们的耳朵里,
关于他人罪责的谣言,
词,在沼泽中死去吧,
那里涌出小水塘。

词,在我们身边
保有温柔的忍耐
与无可忍耐吧。这播种必须
有个结束!

征服兽的,不会是模仿兽叫的人。
暴露自己床上秘密的,他只会丧失所有的爱。
词的私生子侍奉笑话,为了献祭一个愚人。

谁希望你审判那陌生人?
而你如果未经要求而审判,那就一夜继一夜地走
脚上长出他的疖子,走吧!不要
再来。

词,由我们而出吧,
要思想自由,清晰,美丽。
一定要有个结束了,
这战战兢兢。

(螃蟹退了回去,
鼹鼠睡太久,
柔软的水溶解了

绷紧石头的石灰。)

来吧,发自声音与气息的好意,
加固这张嘴,
当它的软弱惊吓
并阻碍我们。

来吧,不要拒绝,
因为我们正与这么多邪恶搏斗。
在龙血保护敌方之前,
这只手落进火中。
我的词,拯救我!

那为真的

那为真的,不会撒沙子进你的眼,
那为真的,睡与死为之向你致歉
它融入肉里,受每一份痛苦点拨,
那为真的,从你坟上移走石头。

那为真的,如此掉落,如此洗淡
在芽与叶里,在腐烂的舌床里,
一年又一年,年年如此——
那为真的,不制造时间,它弥补时间。

那为真的,给泥土分出发路,
梳出梦和花环和耕种,
它的梳子鼓胀,满载被拔出的果实
它闯入你体内并将你整个喝光。

那为真的,不会坐等抢劫降临,

那抢劫也许关乎你的一切。
在你的伤口裂开之际你是它的劫掠;
不背叛你的,无一可侵袭你。

月亮带着变了质的水罐来到。
饮尽你那一份吧。苦涩的夜下沉。
浮渣凝聚成块而进入鸽子的羽毛,
没有一根树枝能抵达安全。

你黏在这世界中,负载着锁链之重,
可那为真的,一次次跳入墙中。
你醒来,在黑暗中察看四方,
朝着那个未知的出口。

三

最先出生的国度

我的最先出生的国度,在南方,
我搬去那里,赤裸而陷入贫穷
到只剩海洋中的腰带,
才找到城市与碉堡。

被灰尘踩进了睡眠
我躺在光之中,
而从伊奥尼亚①的盐获得叶子
一副树的骨架垂挂于我之上。

此地落不下任何梦。

此地不会有迷迭香盛开,
不会有鸟儿在泉水里

---

① 古希腊四个主要部族之一。

将她的歌曲清洗一新。

在我的最先出生的国度,在南方
蝰蛇向我跳来
在光中惊呆。

哦,闭好
这双眼闭好!
把嘴按向这一咬!

当我饮我自己
而我的最先出生的国度
被地震摇晃,
我为看而醒来。

此地有生命落向我。

此地的石头不是死的。
烛心骤然跳起,
当一束目光将它点燃。

关于一座岛的歌

影子果实从墙上落下,
月光刷白屋子,而冷却了的
火山口的灰由海风携带进来。

在俊美男童的拥抱中
海岸安睡,
你的肉思索着我的,
它已让我倾心,
当那些船
脱离了陆地而十字架
带着我们将死的罪孽
尽桅杆之职。

如今刑场已空,
他们寻找而没有找到我们。

* * *

当你复活,

当我复活,

大门前没有石头

没有小舟躺在海上。

明天那些大桶

滚向周日的波涛,

我们脚底抹了

油膏走到海滩,洗

葡萄然后将这收获

踩踏成酒,

明天在海滩。

当你复活,

当我复活,

刽子手吊在大门上,

锤子沉进海里。

* * *

有朝一日节庆要来临!

圣安多尼乌斯①,受过苦的你,
圣雷欧纳德②,受过苦的你,
圣维特③,受过苦的你。

容我们请求的广场,给予请求者的广场,
音乐与欢乐的广场!
我们学到了单纯,
我们在蝉的合唱中歌唱,
我们又吃又喝,
瘦骨嶙峋的猫
围着我们的桌子磨蹭,
直到晚间弥撒开场,
我用手牵住你
用眼睛,
一颗宁静勇敢的心
为你献祭它的愿望。

祝孩子们有蜂蜜与干果,
祝渔夫们渔网满满,

---

① 葡萄牙方济各修道士,生活在11世纪,被天主教会封圣。
② 5世纪的法兰克贵族,死后被封圣,囚犯的守护神。
③ 出生于西西里的基督教圣徒。

祝花园里都丰收，
祝火山有月，火山有月！

我们的火星越过边界，
越过一整夜火箭打击
一个轮子，乘着黑暗的筏子
游行队伍离开，把时间
让出来给了前世，
给了悄悄溜走的蜥蜴，
给了大肆吃喝的植物，
给了发烧的鱼，
给了风的聚众狂欢和山的
乐趣，在那里一颗虔诚的
星星迷了路，砸到它
胸上，碎成粉末。

现在要坚定，愚笨的圣徒们，
对着大陆说，火山口不安宁！
圣罗格①，受过苦的你，
哦，受过苦的你，圣方济。

---

① 14世纪的方济各修士。

* * *

当一人离去,他必得将
带有他整个夏天搜集来
的贝壳的帽子扔入海中
然后头发飞散而远航,
他必得将他为自己的爱
所铺好的桌子推入海中,
他必得将杯中留下的
残酒倒入海中,
他必得将自己的面包给鱼
再将一滴血混入海中,
他必得好好将他的刀推入波浪,
并让他的鞋子沉没,
心、锚和十字架,
然后头发飞散而远航!
然后他再回来。
何时?
 莫问。

* * *

这是地下的火,

而这火纯洁。

这是地下的火
和液态的石。

这是地下的一条河,
流入我们体内。

这是地下的一条河,
烧焦骨骸。

将有一场大火来临,
将有一条河来漫过大地。

我们将是见证人。

北方与南方

我们太晚抵达花园中的花园
在那次没有第三人知晓的睡眠里。
在橄榄枝里我想要期待雪,
在杏树里期待雨和冰。

但是棕榈树该如何扭曲,
才让你用温暖的叶子打磨出壁垒,
它的叶子该如何在雾中找到自己,
当你套上你的天气衣装?

想想吧,雨让你拘谨,
当我把打开的扇子扛给你。
你把它关上。时间脱离出了你,
自从我用候鸟的迁徙将自己托起。

两个版本的信

十一月黄昏的罗马最重的感谢

平滑的大理石礁石冷冷的瓷砖

灯火的飞沫在大门关上前

冷冻的杯子跳跃时的声响

他们从吉他绞出的单调歌吟

在他们将头骨压进硬币

放在带柏树长矛的竞技场上之前!

木蠹在我身边桌旁入座——

一片毛毛虫噬食的叶子是什么样子?

雾国的秋天森林的彩色

流氓在偌大的雨水之泵下

是否有小枭死亡的招引

在暖和的沼泽中死去的龙

帆黑色北风在水周围

翻掘乌鸦的不祥叫声

幽灵船山坡与荒原

堆积瓦砾的房子垂柳
负了债满是泪在棺材之河边
他们从深渊里挖出的疯癫
永远与永不再混合成饮料
所有受苦神化了你的痛苦的心
被毁灭又被丧失因爱而病……

十一月的深夜罗马谐和音与安宁
不伤人的告别已完成
一束纯粹的光亮飞过双眼
柱子从罗望子中生长出来
哦蓝色音调绑住的天空!
铁饼降落在水井中间
它们转向轻盈的玫瑰脚步
猫带着淫乐伸展它们的爪子
睡眠侵袭了一颗最后的星
嘴逃脱了不带凹痕的吻
丝绸鞋没有被玻璃碎片伤害
葡萄酒在朦胧的思想中快速下沉
光又带着它的明亮爪子跳跃
包抄诸时代把它们甩进今天
第一批驾车狂徒席卷山丘

在神殿前天线排成列队
接听早晨合唱并为每一声
集市价格叫喊激起鸟叫
马蹄的倒写字体潜入铺路石
菊花填平坟墓
海的气息和山风混合香味和泪水
我在正中——你在期待什么？

罗马夜景

当跷跷板将七座山丘
劫持升空,它受着
我们的压负和缠绕,
也滑进了黑暗的水中,

潜入河流淤泥里,直到我们怀中
聚集了鱼。
轮到我们时,
我们推开。

山丘下沉,
我们上升并与
深夜分享每一条鱼。

没有人跳下去。
这是如此确定,唯有爱情
以及彼此会将对方举高。

在葡萄藤下

在葡萄藤下在葡萄光中
你最后的脸成熟。
深夜必会翻转那片叶子。

深夜必会翻转那片叶子,
当果皮爆裂
从果肉里冲出太阳。

深夜必会翻转那片叶子,
因为你最初的脸
从你的幻象中升起,以光为坝。

在葡萄藤下在葡萄光束里
醉意给你印上一颗痣——
深夜必会翻转那片叶子!

在阿普利亚[①]

在橄榄树下光倾倒种子,
罂粟现身并再次闪烁,
获油并将它烧尽,
而光永不会熄灭。

洞穴之城里的鼓不停不休地发出鼓声,
白面包和黑嘴唇,
饲料槽里的孩子
苍蝇群想要以他们为食。

假若有明光从田地里进入穴居人的岁月,
罂粟便能从灯里冒出烟,
睡眠中的疼痛将它消耗,
直到它再也不能燃烧。

---

① 意大利的一个大区,东邻亚得里亚海。

驴子会站起,驮着水袋奔走四方,
所有的手编出绳子,
玻璃和珍珠用于众墙——
门穿上叮啷响的衣裳。

圣母哺乳孩子而水牛走过一旁,
角里有烟,往绿色饮水处走,
献礼总算凑够:
绵羊血、鱼和蛇蛋。

终于石头研磨出果实,而水罐都已烧成。
油睁开眼往下流淌,
而罂粟醉醺醺往下沉,
遭塔兰图拉毒蜘蛛推翻。

黑色华尔兹

船桨应那锣响跳起黑色华尔兹,
影子用钝的针缝合吉他。

在门槛之下我的黑暗房子在镜子中熠熠闪光,
烛台自己轻柔地踩灭燃烧的烛尖。

在乐音之上垂挂:波浪与演奏的和谐;
地面总为了另一个目的挣脱而去。

我欠白天集市喊叫声与蓝色气球——
石头躯干与鸟儿盘旋寻找位置

为了跳它们深夜的双人芭蕾,无声无息朝向我,
威尼斯,打了桩又插了翅膀,夕之国与晨之国①!

---

① 也即西方与东方,为了保留原文中的晨与夕的意象对比,按字面翻译。

只有马赛克植根在地里并攥紧,
柱子围着浮标起舞,鬼脸假面与湿壁画的残余。

没有八月是为看狮子太阳而造就,
在夏日的入口它就已让鬒发飘扬。

你想想那神像的明光,兽爪对船头的击打
和有龙骨相随的愚蠢的面具游行,

凌驾于溺水的木地板之上船顶扬起一块帆布,
含盐的水,爱情和它的味道,

引子,然后是静默的序曲再往后是虚空,
打出休止符的船桨和海的终结章!

许多年以后

时间的箭轻轻安息于太阳弓之中。
当龙舌兰从山崖中走出,
在它上方有你的心在风中摇
并与时辰的每一个目的协同步调。

一个影子已经飞越过亚速尔群岛
而你的胸膛是颤抖的石榴。
若连死亡也已与这时刻结成密谋,
你就是那玻璃,炫目地将它接近。

若大海也被溺爱而熟练于闪亮,
它会为满满一手的血举高海平面,
而龙舌兰在许多年以后鲜花绽放
受山崖保护而免遭醉的洪流侵犯。

影子玫瑰影子

在一片陌生天空下
影子玫瑰
影子
在一片陌生大地上
在玫瑰与影子之间
在一片陌生的水中
我的影子

且留下

出行就要结束,
出行的风仍旧缺席。
你手中落入了
一座轻轻的纸牌屋。

纸牌配有图画
展示出各个地方。
你描述出了世界
又把它与词混杂。

这牌局深邃
牌局随后要开场!
且留下,为抽到
赢下这局的那一张。

在阿克拉加斯[①]

变清澈了的水在手中,
正值有白色眉毛的中午,
河流将观看自己的深邃
并最后一次翻转沙丘,
用手中变清澈了的水。

当风从尤加利树林里
带来层层涂厚,刻入气息的叶子,
河流将喜爱这更深的音调。
燧石的狠狠击打声
风会带去尤加利树林。

受光和沉默的大火洗礼
大海敞开古老的神殿,

[①] 古希腊的一座城市,在今天的西西里岛。

当河流,一直被牵连到源头,
用手中变清澈了的水
从沉默的大火里领取圣礼。

致太阳

它比卓然的月和它显贵的光更美,
它比星星,夜的著名勋章更美,
它比一颗彗星火光灼灼的亮相美许多,
它受召唤而成为远胜任何其他天体的美,
因为你和我的生命每天都牵系与它,
太阳。

美丽的太阳,冉冉升起,不曾忘记它的功业
遂将其完成,最美是在夏季,当一个白日
在海岸边蒸腾,帆船无力倒映水中
在你的眼上方驶过,直到你疲倦而缩短
其中最后一支。

没有了太阳,艺术也会重新罩上面纱,
你不再显身于我,海和沙
被影子鞭打,逃到我眼皮下。

美的光,一直温暖我们,护卫我们,精心照料我们,
让我又能看,让我又能看到你!

太阳下最美的莫过于存在于太阳下……

最美的莫过于看到水中沙和天上鸟,
鸟儿思考它的飞行,下方鱼儿成群,
颜色缤纷,形态齐整,由光寄送到世上,
看到四周,一片田野方正,我的国有千角形
还有你穿上身的连衣裙。你的连衣裙,
钟的形,蓝的色!

美丽的蓝色,其中有孔雀散步,彼此鞠躬,
远方的蓝色,幸福区域,有应合我情感的天气,
地平线上的蓝色巧合!我的兴奋双眼
又睁大了,眨着眨着,将自己烧伤。

美丽的太阳,你从尘土里也应获得最大的赞赏,
我因此不会为了月亮和星星,也不会
因为夜炫耀彗星,将我当作傻子,
而是为了你,很快便不休不止,绝无仅有地,
哀叹我不可挽回地失去了双眼。

四

逃亡途中的歌

爱之律法何其严,纵然艰难
也须服从,只因它浩浩汤汤
通天达地,贯宇内,亘古传。

——彼特拉克

1

棕榈枝断在雪中,
楼梯崩塌,
城市僵硬又发光
置身于陌生的冬日幻景。

孩子们叫喊并
登上饥饿之山,
他们吃白色面粉
并向天空祷告。

繁多的冬日亮片,
橘子黄金,
在狂野的强风中飞驰。
血橙滚动。

2

可是我独自躺在
伤痕累累的冰路障里。

雪还没有
将我的眼睛蒙住。

那群死者,挤压到我身上,
所有的舌头都无言。

没有人爱我,曾为我
挥舞一盏灯!

3

斯波拉登①,那些岛屿,

---

① 爱琴海中的两列群岛。

海中的美丽片段，

在寒流的围涌中，

依旧垂首递来果实。

白色的拯救者，那些船

——哦，孤独的帆之手——

在它们沉没前，往回

指向了陆地。

4

前所未有的冷侵入。

飞翔的指令越大海而来。

海湾带着所有的灯投降。

城市陷落。

我无辜而被捕

在屈服了的那不勒斯，

这里的冬天将

波西利波和佛莫罗① 推到天际，

---

① 那不勒斯的两个城区。

它的白色闪电在
歌曲下扫荡
它纠正了
它沙哑的雷鸣。

我无辜,直到卡玛尔多利①
五针松都触摸着云朵;
无从安心,因为棕榈树
不会一下雨就掉叶;

无所希望,因为我不该逃离,
即使鱼竖起鳍来保卫
即使冬日海滩边有
依旧暖和的浪掀起的水雾,
为我造出一堵墙,
即使波涛翻滚
自行逃走之际
将逃走者托起
脱离下一个目标。

------

① 意大利小镇,位于托斯卡尼大区。

5

丢弃加香料的城市的雪吧!
累累水果的香气必会沿着大街吹过。
撒播葡萄干吧,
带来无花果,醋腌柑花蕾!
给夏天新的生机,
让循环更新,
诞生、血、粪与痰,
死亡——钩入鞭痕吧,
线条施加于
脸
充满怀疑,松弛而苍老,
被石灰勾画又在油中浸泡,
由交易而狡猾,
熟悉那危险,
那火山之神的愤怒,
那烟雾天使
和那该诅咒的热流!

6

在爱情中受教
读破万卷书,
从几不可变的手势
和愚蠢的誓言
的传递中得到教诲——

获爱情之奥义
可正是这里——
有熔岩滚滚而下
它的气息在山脚
击中我们,
有筋疲力尽的火山最终
交出钥匙
以打开这紧闭的身体——

我们走入了被施咒的房间
用手指尖
照亮了黑暗。

7

在内里你的眼睛是窗
开向一个国度,我站在其中清澈如许。

在内里你的胸是一片海,
把我拉到海底。
在内里你的臀是一段栈桥
供我的船停靠,它们由浩大航行
归来。

幸福宛如一滴银露水,
我固定在了上面。

在内里你的嘴是一个有绒毛的巢
给我羽毛已丰的舌头。
在内里你的肉是瓜的亮色,
甜蜜而可无尽享用。
在内里你的血管安宁
而整个填满黄金,
我用我的眼泪洗它

它有朝一日会偿还于我。

你领受头衔,你的手臂环抱财产,
它们首先交付于你。

在内里你的脚从不在路途中,
它们已经抵达我的所有国度。
在内里你的骨是明亮的笛子,
我能从中变幻出音调,
连死亡都将为之倾倒……

8

……土地、海洋和天空。
被亲吻翻搅破碎
这土地,
这海洋和这天空。
被我的词紧紧环抱
这土地,
还被我最后的词紧紧抱住
这海洋和这天空!

被我的声响所侵袭
这土地,
它在我的牙齿间抽泣着
走在锚之前
带着它所有的高炉、塔楼
和高傲的山峰,

这受尽击打的土地,
向我袒露它的沟壑,
它的荒原、沙漠和冻土,

这不得安宁的土地
带着它那跳动的磁场,
它在这里将自己捆绑
用它也还不知的力量链条,

这被麻痹也麻痹人的土地
带有深夜影子植物,
铅质地的毒物
和香气的河流——

在大海中沉沦

又在天空中升腾
这土地!

9

黑色的猫,
地上的油,
邪恶的眼神:

不幸!

吹起珊瑚号角,
角挂在屋宅前,
黑暗,没有光!

10

噢,爱情,它冲破
并扔掉我们的壳,我们的盾,
防雨之物和长年积累的棕色之锈!

噢,苦难,它们踩灭我们的爱情,

它们的湿的火散入感受着的肢节！
化作烟，在烟中灭亡，火焰走入自身。

11

你想要风暴的闪电，投出了刀，
你从空气中拆解出温暖的血管；

从打开的脉搏里无声地跳出
让你目眩的，最后的烟火：

疯癫、藐视，然后是复仇，
接着已有悔意和撤回。

你还感知，你的刀刃变钝，
最终你感到，爱情如何关闭：

藉由诚实的风暴，纯洁的呼吸。
它驱逐你进入梦之地牢。

那里它的金色头发低垂，
你抓向它，通往虚无的阶梯。

在一千零一夜的高度是那些嫩芽。
走入虚空的脚步是最后一步。

你所撞到的,都是旧地,
每一个地方你都给出三滴血。

你神智昏乱,拽住无根的鬈发。
铃铛响起,如此已足够。

12

嘴,曾在我嘴中过夜,
眼,曾由我眼守护,
手——

而将我打磨的,这双眼!
嘴,说出审判,
手,将我处决!

13

太阳不暖人,海无声。

坟墓,雪封,无人解。
没有煤田被填以
牢固的炭火吗?可炭火不为。

拯救我!我不能再死下去了。

圣人别有所为;
他为城市操劳,为面包奔走。
晾衣绳扛着长巾多沉重;
很快就会落下。可是它盖不住我。

我还有罪。逮捕我。
我没有罪。逮捕我。

冰颗粒从冻住的眼中释出,
与目光一起侵入,
寻找蓝色的缘由吧,
去游,去看然后潜入水中:

那不是我。
那就是我。

14

等我的死亡来临吧然后再次听见我,
雪之篮翻倒,水歌唱,
所有的声调汇入托莱多①,冰雪融化,
一声乐音融化冰。
哦,盛大的融化!

你当多多期待!

夹竹桃里的音节,
金合欢之绿中的词
冲出墙的瀑布。

水池填满了,
明亮而波动的
音乐。

---

① 西班牙城市。

15

爱情有一场胜利而死亡有一场胜利，
时间和之后的时间。
我们没有任何胜利。

只有天体在我们周围坠落。余晖和沉默。
可是吟唱那之后的尘埃的歌
会升起凌越我们。

1957年至1961年间的诗

兄弟情谊

一切都是打造伤口,
没有谁原谅了谁。
如你这般受伤又伤人,
我向你而活。

那纯粹的,那灵魂的碰触,
每一次碰触都让其增长,
我们经历它们于年华老去,
转入最冷的沉默里。

[必给这支族裔规定信仰]

必给这支族裔规定信仰,
星、船与烟就已足够,
它放自己在这些物中,确定
群星和无限的数字,
有一列火车,唤它作一种爱情的列车吧,
从一切中更为纯粹地驶出。

众天空凋萎而垂下,群星挣脱出
与月亮和深夜的连结。

和平旅馆[1]

玫瑰沉沉,无声无息从墙上坠落,
透过地毯闪现出大地和地板。
光之心破灯而出。
黑暗。脚步。
在死亡面前门闩已推上。

---

[1] 位于巴黎的一家旅馆,是巴赫曼1950年在巴黎住过的。她当时正与策兰交往。

流 亡

我是一个死者不再
做被通告了的悠游
在长官的王国里不为人知
在黄金的城市里和在
绿色蓬勃的国度里多余

已被废除良久
不带任何馈赠

只是伴以风和时间和清响

我无法活在人群中

我与德语
这围绕我的云
我守作房屋的它

厮磨而穿透一切语言

哦它变得多么幽暗
雨的声响让它变暗
只有寥寥一些降落

然后它载这死者升入更亮的境地

在这场大洪水[①] 之后

在这场大洪水之后
我想要见到鸽子
别无他物唯有鸽子
再次得救。

我将在这海里沦亡!
若它不飞出,
若它无法
在最后时刻带来橄榄叶。

[①] 《圣经》中记载上帝因对世人失望而降下大洪水让其灭亡,仅有诺亚及其家人携带世间动物入方舟而得救。

米利暗 ①

你从哪里取来了你的暗色头发,
这甜美的名字伴以杏仁的音调?
并非因为你年轻,你才这么闪出清晨的光——
你的国是清晨,已经上千年。

向我们许诺吧,耶利哥 ②,唤醒诗篇,
从你手中交出约旦河的泉源
让那些凶手受震惊而化为石头
让你的第二个国石化一时半刻!

在每一个石像胸上搅动吧,制造奇迹吧,
让石头也喷涌出泪水。

―――――――

① 这是希伯来语中常见的犹太女孩名字,在《圣经》中也是犹太女先知的名字。
② 位于耶路撒冷以北,约旦河西岸的古城,也出现在《圣经》中。城中和周围泉水丰富。

接受用热水施加的洗礼吧。
只是仍旧对我们陌生,直到我们彼此更为陌生。

常常会有一场雪落入你的摇篮。
雪橇滑板下会有一声冰响。
可是当你酣然安睡,尘世就是驯服的。
红海收回它的水!

河 流

在生之中那么远,离死那么近,
我都无法与任何人为此争辩,
我从泥土里攫取我那一份;

我朝宁静的大洋砸去绿色的楔子
刺入正中的心脏,推我自己到岸边。

锡鸟腾空,与肉桂的气味一起!
我与我的凶手,时间独自相对。
我们化蛹而缩入烟和蓝色中。

去吧，思想

去吧，思想，只要一个清澈得可飞的词
作你的翅膀，举起你，去向那个地方，
那里轻盈的金属摇摆起伏，
那里空气凛冽如割
在一个新的知性中，
那里武器只诉说
一种方式。
在那里捍卫我们吧！

波涛将浮木推高而后下沉。
热症将你拖拽，让你下落。
信仰只移动了一座山。

让那伫立的伫立，去吧，思想！

别无它物而仅仅受我们的痛苦渗透。
全然契合我们吧！

爱情：黑暗的大洲

黑色的国王展示猛兽指甲，
十轮苍白的月亮被他赶进了轨道，
他还命令下场大的热带雨。
世界从另一个末端注视你！

你从流飘荡越过大海到那黄金
和象牙组成的海岸，到他嘴边。
可你在那里总是双膝着地躺倒，
他抛弃又选择你，毫无理由。

他还命令来一次大的中午转向。
空气破碎，绿色和蓝色的草，
太阳烤熟浅水中的鱼，
牛群四周的草燃烧。

目眩了的沙漠商队走到彼岸,
而他鞭打山丘穿行沙漠,
他要看到你脚上有火。
从你的鞭痕里流出红色的沙。

他,一身毛皮,五颜六色,在你身边,
他抓起你,把他的网撒到你头顶。
在你的臀部周围藤蔓打结,
在你的脖子周围肥硕的蕨类卷曲。

从所有的丛林暗橱里冒出:叹息、呼喊。
他举起圣物。你失去词语。
甜的原木敲起黑暗的鼓。
你深受吸引,看向你的死亡之地。

看啊,羚羊飘浮在空中,
枣群在半路上停住!
一切都是禁忌:泥土、水果、河流……
蛇镀了铬,挂在你的手臂。

他从自己手中交出权杖。
戴上珊瑚,走进明亮的妄念里吧!

你可以让王国失去他的国王,
你,本身隐秘,去注视他的秘密吧。

在赤道周围所有限制沉没。
豹独自站在爱情房间里。
它从死亡之谷迁徙到此地,
而它的前爪磨擦着天空边沿。

你们这些词

致敬友人,诗人奈莉·萨克斯 ①

你们这些词,起来,跟上我!
就算我们已经走远了,
走得太远了,还是能再
往前走,走不到尽头。

它不会照亮。

词语
却只会
引出其他词,
句子引出句子。

---

① 奈莉·萨克斯,犹太裔德语诗人,1891 年出生于柏林,1940 年流亡瑞典,1966 年获得诺贝尔文学奖。

于是世界想,
有个终结,
强行成为,
已被言说者。
不要言说它。

词啊,跟着我,
不要有终结
——不要终结于这对词的贪欲
和回击反驳之语的成语!

现在放手片刻
别让任一感情说话,
让心以别的方式
锻炼它的肌肉。

放手吧,我说,放手。

不要往那最高的耳里,
不要,我说,低声说任何话,
对于死亡不要有任何念头,
放手,跟着我,别轻柔

也别猛烈,
别满怀安慰,
没有安慰
别作描述,
也别如此毫无记号——

千万不要做的:灰尘交织物中的
图像,音节的
空洞滚动,垂死之词。

别做垂死之词,
你们这些词!

1964年至1967年间的诗

真　切

致安娜·阿赫玛托娃

谁如果从未被夺走一个词,
我要告诉你们,
谁如果仅仅知道救助自己
用上这些词——

他就无可救助。
取道短途不行
取道远路也不行。

要让唯一一个句子久存
在众多词的叮叮当当中坚忍。

不在此签下自己名字的,
写不了这一个句子。

波希米亚[①]坐落于海边

这里的房屋若是绿色,我还会踏入其中一座。
这里的桥若是完好,我便走在好的土地上。
若是爱的艰辛总要失落于时间,我情愿在这里失去。

如果不是我,就会是另一人,与我一般好。

这里若有一个词与我临近相隔,我便随它近隔。
如果波希米亚还坐落在海边,我将再次相信诸海洋。
如果我还相信海,我便有希望于陆地。

如果是我,也便是每一个,与我一般多。

[①] 波希米亚,中欧古地名。波希米亚王国曾是神圣罗马帝国的一部分,后归于奥匈帝国,位于今天捷克境内,并不靠海。

我再不想有什么给自己。我想坠地而亡①。

坠地——便是向海而行，在那里我又会找到波希米亚。
遭坠地之厄运，我平静地醒来。
从地而起的我现在通透明了，而我没有自失。

来吧，你们全部的波希米亚，水手、港口娼妓和
未落锚的船。你们不想做波希米亚人吗，所有的伊利亚人，
维罗纳人和威尼斯人②。演起喜剧吧，那让人欢笑

又让人哭泣的喜剧。迷失上百次吧，
正如我曾经迷失而从未通过考验，
可我还是通过了，一次又一次。

正如波希米亚通过了考验而在一个美丽的日子
获得恩赐向海而行，如今靠海而栖。

---

① 德语原文是隐喻，本就是毁灭之意。但考虑诗中文字游戏，保留字面意。
② 伊利里亚是古地名，维罗纳、威尼斯位于意大利。三个地方都曾归奥匈帝国，位于海边。

我还与一个词，和另一个国度临近相隔，
我，即使还那么少，越来越多地临近万物，

一个波希米亚人，一个流浪汉，一无所有，一无拘囿，
仅剩这份天赋，从受尽争论的海，看到我所选的陆地。

布拉格 1964 年

从那一夜起
我又走与说,
话中有波希米亚的音调,
仿佛我重返家中,

在家中,在伏尔塔瓦河、多瑙河
与我的童年河流之间
一切都对我有所感知。

走,一步步往事重回,
看,被瞧见,我重学会看。

还弯着腰,眨着眼,
我在窗边俯身,
看到阴影岁月,
翻越了山丘离去,

那岁月中没有星星
垂入我嘴中。

在整个城堡区 ①
清晨六点时
来自塔特拉山 ② 的铲雪人
以他们皲裂的大手
清扫了这冰盖的碎片。

我的河流,它也如此,
它的那些开裂的冰块下
涌出重获自由的水。

直到乌拉尔山 ③ 都可听见。

---

① 布拉格的一个市区。
② 中欧的山脉,位于斯洛伐克与波兰的边界上。
③ 俄罗斯境内山脉,亚欧分界线。

一种失去

共同用过的:季节、书和一则音乐。
钥匙、茶杯、面包篮、床单和一张床。
一份词语的、手势的嫁妆,带来,用过,耗尽。
一份住宿规则要得到重视。说到。做到。每次都伸手待握。

在冬天,进入一场维也纳的七重奏,到了夏天我恋爱了。
爱上地图,爱上一座山巢,爱上一片海滩,爱上一张床。
用日期进行过一场崇拜,宣布过诺言不可废除,
景仰过一个某某,虔信过一个虚无。

(——信过折叠的报纸、冷了的灰烬、有留言的纸条)
在宗教里无所畏惧,因为教堂是这张床。

从眺望海景中走出我的无穷无竭的画作。

从阳台往下问候那些民族,我的邻居。

在壁炉之火旁,置身安全中,我的头发有它最极端的色彩。

门铃的声响是对我的欢乐的警告。

我失去的不是你,
而是世界。

谜

写给汉斯·维尔纳·恒泽①,出自咏叙调的时光

再没有什么会到来了。

不会再有春天了。
千年历预告给所有人。

夏天也是,还有那些有着美好名字
比如"属于夏季"的——
再没有什么会到来。

可你不该哭泣,
一则音乐说。

---

① 巴赫曼的密友,德国著名作曲家,两人在 50 年代共同居住在意大利的伊斯基亚岛,共同创作过歌剧和广播剧。

除此而外

没有人

会说

什么了。

并非美食

再无一物让我钟情。

我应该
用一片扁桃花开
装点一个隐喻吗?
将句法钉在一个
光效应的十字架上吗?
谁会为了这多余之物
绞尽脑汁——

我学会了一种洞察
用现成的
那些词
(为最低的等级)

饥饿

　　　　耻辱

　　　　　　眼泪

和

　　　　　　幽暗。

带着没有洗净的抽泣,

怀着绝望

(我对绝望也感到绝望)

我将熬过

这众多苦难,

疾病状态,生活花销。

我不忽视文字,

却忽视自己。

其他人懂得

天晓得

用词救助自己

我不是我的助手。

我应该

捕捉一个思想,

押它进一间被照亮的句子牢房吗?

用少量一等品的词
喂养眼和耳吗?
钻研透一个元音的力比多,
探究出我们的辅音的收藏价值吗?

我必须
用遭冰雹砸坏的脑袋,
用这只手写字时的抽搐,
在三百页的压力下
撕破纸,
扫掉被挑动起来的词之歌剧,
如此毁灭殆尽:我你和他她它

我们你们?

(就该如此。其他人应该如此)

我的部分,它应失落。

诗人生平

1926年6月25日　英格博格·巴赫曼出生于克拉根福特，是当地教师、日后中学校长马提亚斯·巴赫曼与其妻子奥尔嘉·巴赫曼（娘家姓哈斯）的三个孩子中最大的一个。父亲出身于赫尔马格附近的奥博菲拉赫村一户农夫家庭。母亲的家族在下奥地利的海登莱希斯坦经营一家编织作坊。

直到1933年以前的童年岁月都住在杜尔西拉斯街5号（现在35号），之后在亨舍尔街26号；在赫尔马格附近的奥博菲拉赫度过学校假期。

1932—1936年　读公立小学。

1936—1938年　就读联邦实业中学。

1938—1944年　就读乌苏林讷巷的女子高中。毕业会考。

1944—1945年　在教师培训机构进修，战争结束时中断进修。

1945—1946年　冬季学期她开始在因斯布鲁克

学习哲学专业。

1946年 她接着在格拉茨学习了一学期的哲学和法学。在《克恩滕画报》(克拉根福特)第二年第三十六期,7月31日版发表了第一篇短篇小说《渡轮》。

1946—1950年 在维也纳继续学习哲学,修副专业德语语言文学和心理学。教过她的教授包括阿洛伊斯·德姆普夫和列奥·加比利亚(哲学)、胡伯特·罗拉歇(心理学)和维克多·E.弗兰克尔(心理治疗)。

1948—1949年 第一首诗发表在赫尔曼·哈克尔主编的杂志《林克伊斯。文学、艺术、批评》(维也纳),第一期,1948年12月/1949年1月。

1949年 在维也纳附近的斯坦因霍夫的精神病医院实习。

1950年 师从维克多·克拉夫特完成毕业论文《对马丁·海德格尔的存在哲学的批判性认识》,3月25日获得学位。

1950—1951年 英格博格·巴赫曼在1950年10月赴巴黎旅行,12月从巴黎去伦敦。她在1951年2月21日在英奥协会的一次活动上朗诵。回到维也纳后,她一开始在美国占领局秘书处找到了一份工作。

从秋天起，她担任电台红白红的书写员，后来担任编辑。

1952年　维也纳的红白红电台在2月28日首次播放广播剧《一家销售梦的店》。

在由汉斯·怀格尔主编的年鉴《当代之声》，1952年维也纳第二卷上发表了组诗《出行》。

在5月第一次接受汉斯·维尔纳·里希特的邀请，赴波罗的海海边的尼恩村，在四七社①第十次会议上朗读了作品。与汉斯·维尔纳·恒泽相遇。

在9月第一次与妹妹伊索尔德出游意大利。

1953年　在春季放弃了红白红电台的编辑职位。在5月出席四七社在美因茨举办的第十二次会议，获得了四七社文学奖。

1953—1957年　自1953年夏末后便作为自由作家居住在意大利的伊斯基亚岛、那不勒斯和罗马。

1953年　该年底，法兰克福出版社在一个丛书系列Studio Frankfurt中出版了诗集《延宕的时光》，主编是阿尔弗雷德·安德施。

---

① 成立于1947年的德国文学团体，没有固定组织，由里希特发起，定期聚会，从1950年开始颁发文学奖。发现并扶持了海因里希·伯尔、君特·格拉斯等年轻作家，对德国当代文学具有深远影响。四七社1967年起停止活动并于1977年解散。

1954年　得到了德国工业联邦协会文化部门的资助。

她第一次在玛格丽特·凯塔尼主编的多语文学杂志《暗店》(罗马)1954年第十四期上发表诗歌。

1955年　3月25日，广播剧《蝉》在汉堡西北德电台首播，汉斯·维尔纳·恒泽配乐。

在哈佛大学邀请下，英格博格·巴赫曼赴美国参加了由亨利·基辛格主持的哈佛艺术、科学和教育暑期学校进行研讨。

1956年　诗集《大熊座的呼唤》在慕尼黑的匹柏出版社出版。

1957年　1月26日，英格博格·巴赫曼获得鲁多尔夫-亚历山大-施罗德基金会为她的《大熊座的呼唤》所颁发的1956年度自由汉萨城市不来梅文学奖（与盖尔德·约尔施莱格尔一同获奖）。

她成为位于达姆施达特的德国语言文学学院的通讯成员。

汉斯·维尔纳·恒泽为诗歌《在玫瑰的风暴里》和《自由的陪伴》配乐，收入《夜曲与咏叹调》。后者于10月20日在多瑙星尔音乐节上首演。

1957—1958年　在慕尼黑的巴伐利亚电视台担任戏剧顾问。

1958年　5月29日广播剧《曼哈顿的好上帝》首播，巴伐利亚电台和汉堡的北德电台联合出品。

1958—1962年　英格博格·巴赫曼轮番在罗马和苏黎世居住。

1959年　她因为广播剧《曼哈顿的好上帝》在3月17日获得了克里格斯布林登的广播剧奖。

1959—1960年　在冬季学期受邀往美茵茨河畔的法兰克福大学在新成立的诗学客座讲坛上作为第一位讲师做了关于"当代文学的问题"系列讲座。

1960年　1月8日在柏林上演了汉斯·维尔纳·恒泽作曲的《白痴》芭蕾舞哑剧，该剧第一次采用英格博格·巴赫曼撰写的剧本（1952年该剧首演时用的是塔嘉娜·索夫斯基的剧本）。

汉斯·维尔纳·恒泽以英格博格·巴赫曼的剧本为基础创作的歌剧《洪堡亲王》于5月22日在汉堡国家歌剧院首演。

1961年　短篇小说集《三十岁》在慕尼黑的匹柏出版社出版。英格博格·巴赫曼因为这部小说集获得了德国批评家协会1960/1961年度的文学奖（柏林批评家奖）。

11月20日，她被选为柏林艺术学院文学部的编外成员。

1963年　春季受福特基金会邀请在柏林居住一年。

结识维托尔德·贡布罗维奇①。

随后定居于此。

1964年　1月赴布拉格旅行，在春季赴埃及和苏丹旅行。

10月17日在达姆施达特获得由德国语言文学院颁发的毕希纳奖。

在罗马与安娜·阿赫玛托娃相遇。

1965年　汉斯·维尔纳·恒泽以英格博格·巴赫曼的剧本创作的歌剧《少主》于4月7日在柏林德国歌剧院首演。

该年底迁居罗马，之后未曾离开。起初住在弗洛提纳大街60号，自1971年起住在朱利亚街66号萨科蒂宫。

1968年　英格博格·巴赫曼在11月20日获得了奥地利国家文学大奖。

1971年　在苏尔坎普出版社（美茵茨河畔的法兰克福）出版小说《马利纳》（系列小说《死亡的方式》第一部）。

---

① 波兰著名作家。

1972年　短篇小说集《同声传译》在慕尼黑的匹柏出版社出版。

5月2日英格博格·巴赫曼获得了奥地利工业家联合会颁发的1971年度安通-维尔德冈斯奖。

1973年　3月父亲逝世。

5月她接受华沙的奥地利文化学院邀请出访波兰。参观了奥斯维辛和比克瑙集中营旧址。在华沙和克拉考大学、布雷斯劳大学、托轮大学、波森大学朗诵作品。

9月26日在罗马家中遭遇火灾,重伤不治,于10月17日去世。英格博格·巴赫曼葬于克拉根福特-阿纳比谢尔墓园。